LIEBE, SCHAF
UND SCHOTTENROCK

Impressum

1. Auflage, 2024
© Michelle Schrenk, Vogelbeerweg 16, 90584 Allersberg
michelleschrenk@googlemail.com

Alle Rechte einschließlich aller Inhalte sind urheberrechtlich geschützt.
Alle Rechte vorbehalten.

Lektorat:
Lysann Schadewald, lektorat-zeilenherz.de

Korrektorat und Buchsatz:
Susanne Jauss, jauss-lektorat.de

Covergestaltung:
Michelle Schrenk, @canva, www.canva.com

Porträt Michelle Schrenk:
Nathalie Majewski, namama-fotografie.com

Die Handlungen und Figuren in diesem Roman sind frei erfunden. Ähnlichkeiten oder Namensgleichheiten mit lebenden oder bereits verstorbenen Personen sind rein zufällig und nicht beabsichtigt.

MICHELLE SCHRENK

Über die Autorin

Hinter der Autorin Michelle Schrenk steckt eine 1983 geborene Wassermannfrau, die es liebt zu träumen und es hasst, Zwiebeln zu schneiden. Schon immer widmete sie sich dem Erfinden von Geschichten und begann bereits im Grundschulalter damit, sie aufzuschreiben. Mit ihren gefühlvollen Liebesromanen, dem Mutmachbuch »Die Suche nach dem verlorenen Stern« sowie drei Kinderbüchern hat sie sich nun ihren Traum vom Schreiben erfüllt.

Nahezu jeder ihrer Titel war in den Amazon Top 100 vertreten, ihr herzerwärmender Roman »Kein Himmel ohne Sterne« sogar zehn Monate lang ohne Unterbrechung. Ihr Roman »Irgendwo hinter den Wolken« war Finalist des Kindle Storyteller Awards 2019. Sie ist überzeugt, dass es viele Wege zum Glück gibt, und hofft, ihren Lesern mit ihren Büchern ein wenig davon zu schenken.

Mehr über Michelle und ihre Bücher gibt's im Internet auf michelleschrenk.de sowie auf Facebook und Instagram:
www.facebook.com/MichelleSchrenkAutorin
www.instagram.com/michelle_schrenk_autorin

Ein Buch, das zeigt,
dass etwas Ungeplantes meist
den besten Plan verbirgt:
den der Liebe.

Letzter Aufruf

»Letzter Aufruf für den Passagier Amelie Liebich! Bitte kommen Sie zum Gate 28«, scheppert es durch die Lautsprecheranlage des Flughafens.

Oh nein! Das darf jetzt nicht wahr sein! Ich starre den Sicherheitsbeamten vor mir an, der mein Handgepäck herausgezogen hat und so tut, als ob ich das gesamte Areal des Flughafens in die Luft sprengen wollte.

»Entschuldigen Sie, könnten Sie sich bitte ein bisschen beeilen? Ich muss den Flieger erwischen. Ich bin spät dran und wurde gerade ausgerufen«, sage ich mit einem Hauch von Verzweiflung in der Stimme und zupfe an meinen blonden Haaren herum.

»Na, na, na, bitte etwas Geduld. Wir prüfen das jetzt erst«, antwortet er und kratzt sich am Kinn.

Ich keuche auf. »Ja, natürlich, ich bin geduldig. Aber ohne Ihnen auf den Schlips treten zu wollen: Das ist nur eine kleine Flasche Wasser. Und da ist kein Sprengstoff drin. Die Wahrscheinlichkeit ist … na ja, fangen wir nicht damit an«, erkläre ich ihm und lächle, was ihn allerdings unbeeindruckt lässt.

Er hebt eine Augenbraue und schüttelt den Kopf.

»Das würde ich an Ihrer Stelle auch behaupten. Jetzt lassen Sie mich meine Arbeit machen. Der Teufel ist ein Eichhörnchen, junge Frau.«

Ich bin kurz davor, durchzudrehen. Hat er mich gerade als Teufel in Form eines *Eichhörnchens* bezeichnet? »Ja, also ...«

»Kommen Sie mir nicht mit ›ja, also‹. Ich mache meinen Job, und die Frage ist, warum diese Flasche in Ihrem Handgepäck war. Dem will ich auf den Grund gehen.«

Ich verdrehe die Augen.

»Darauf haben Sie keine Antwort, junge Dame, oder?«

»Doch, aber das zu erklären, würde ewig dauern. Oder interessiert es Sie, dass ich eigentlich diese Reise gar nicht antreten wollte, dass es eine Schnapsidee – oder eher eine Liköridee war und ... Egal.« Ich verstumme, als er eine Hand hebt.

»Ne, eigentlich nicht«, meint er trocken.

War mir klar.

»Wir machen es uns total schön«, hatte meine Freundin Heike verkündet. »Wir genießen das Land und die Leute, Erholung pur.«

Wir? Von wegen! Ich bin allein unterwegs.

Heike hatte dann noch gemeint, dass sie alles für uns planen würde, damit ich mal entspannen kann. Etwas, das eigentlich nicht so in meinem Sinne ist, weil ich immer gern alles selbst plane.

So hatte sie mich schließlich damit überrascht, gemeinsam in den Urlaub nach Schottland zu fliegen.

Dass sie sich vor zwei Tagen das Bein gebrochen hat, gut, damit konnte keiner rechnen. Und dass ich deswegen allein auf dem Weg bin, auch nicht. Warum tue ich das eigentlich? Keine Ahnung.

Ich werde ungeduldiger, und mir wird heiß. Das gibt es doch nicht! Der Sicherheitsbeamte lässt sich davon jedoch nicht beeindrucken, während er seelenruhig etwas Wasser aus der Flasche auf einen Klebestreifen streicht und dann in ein komisches Gerät stellt, das unentwegt rattert. Und das ziemlich lange.

Oh Mann. Wenn das mal nicht schiefgeht.

»Wie lange dauert das denn noch?«, frage ich, doch er würdigt mich keines Blickes.

Erst als die Maschine aufgeht, sagt er: »Gut, ist sauber. Aber die Flasche bleibt hier.«

Ist das sein Ernst? Deswegen hält er mich auf? Obwohl er die Flasche sowieso behält?

»Kann ich jetzt gehen?«, frage ich in einem flehenden Ton und schultere meine Handtasche.

Er nickt erst, schüttelt jedoch sofort den Kopf. »Na, na, na, einen Moment. Nicht so schnell, junge Dame!«

»Was gibt es denn noch?« Meine Stimme klingt so genervt, wie ich mich fühle.

»Ihre Schuhe. Die will ich mir auch ansehen. Da hat es etwas angezeigt«, sagt er und zeigt auf meine Füße.

Ich stoße geräuschvoll die Luft aus und ziehe meine Sneakers aus, die der übermotivierte Kerl nun skeptisch ansieht. Dann blickt er auf den Bildschirm.

»Hm, aber da ist noch was in Ihrer Tasche«, erklärt er und reicht mir die Schuhe zurück.
»Was denn jetzt noch?«
»Ausleeren.«
Ich ziehe einen Kugelschreiber daraus hervor.
»Meinen Sie den?«
»Ich wollte den Stift nur sehen. Einen Moment noch.«
»Jetzt entschuldigen Sie mal bitte. Was kommt denn als Nächstes? Werde ich gefragt, ob ich eine Banane in meiner Tasche habe, die ich als Waffe verwenden kann?« Ups! Das war vielleicht etwas zu schnippisch.
Er sieht mich durchdringend an. »Nein, aber wir können gerne noch mal nachsehen. Ich glaube, Sie nehmen die Kontrolle nicht ernst.«
Ich stöhne auf, während er mich nochmals kritisch beäugt. Okay, ich sollte ihn vermutlich nicht reizen.
»Bitte«, sage ich flehend. »Ich verpasse sonst meinen Flug.«
»Nun ja, dann gehen Sie.«
Ich bin erleichtert und renne sofort los, bevor ihm noch etwas einfällt. Die Kontrolle war schließlich reine Schikane. Ich hetze durch den Flughafen. Natürlich ist das Gate 28 am weitesten entfernt, doch das war ja klar. Ich renne und renne, während ich erneut meinen Namen durch die Lautsprecher höre: »Letzter Aufruf für Passagier Amelie Liebich!«
Bitte! Lass mich diesen Flieger erwischen!
Vierundzwanzig, fünfundzwanzig ... Ich muss rennen, weiterrennen. Dadurch, dass ich den Hand-

gepäckkoffer hinter mir herziehe, gerate ich fast ins Stolpern. Sechsundzwanzig, siebenundzwanzig … Achtundzwanzig! Endlich, ich bin da!

Die Flugbegleiterin wendet sich gerade vom Schalter ab, um die Durchgangstür zu schließen. Oh nein, ich bin zu spät. Mir wird heiß und kalt. War es das jetzt? Nein, bitte nicht!

»Stopp!«, rufe ich keuchend. »Hier! Ich bin hier! Bitte warten Sie, ich bin Amelie Liebich!« Mir ist es egal, wie die Leute mich ansehen. »Bitte! Nehmen Sie mich noch mit!«

Die Flugbegleiterin schüttelt den Kopf, bleibt jedoch stehen. »Tut mir leid, ich habe den Schalter geschlossen.«

Tränen brennen in meinen Augen. »Bitte, ich wurde an der Sicherheitskontrolle aufgehalten, und wenn ich den Flieger nicht erwische, ist alles dahin.«

Sie seufzt. »Na schön, aber schnell jetzt. Die Leute wollen los. Wir sind schon außer Plan.«

Ich zeige ihr mein Ticket und meinen Ausweis, den sie kurz mustert. »Okay, kommen Sie«, fordert sie mich auf, und ich folge ihr durch den Gang, der uns zum Flugzeug bringt.

Das Rauschen der Motoren dringt an meine Ohren, und noch immer pumpt das Adrenalin durch meine Venen. So viel Aufregung in der kurzen Zeit vertrage ich echt nicht, zumal ich nicht die Allersportlichste bin.

»Danke, ich danke Ihnen wirklich«, sage ich atemlos, als wir das Flugzeug erreichen und die Flugbegleiterin sich neben die Tür stellt.

»Schon gut, nehmen Sie bitte Ihren Platz ein.«

Ich blicke den Gang entlang. Begeistert sehen die Leute nicht aus, gefühlt alle starren mich an. Schrecklich. Ich kann ihre Gedanken förmlich hören. Wie unangenehm.

»Typisch. Immer diese Leute, die zu spät kommen und alles verzögern.« Ein Mann schüttelt genervt den Kopf.

»Boarding completed!«, scheppert es jetzt durch die Sprechanlage.

Wunderbar! Nun wissen alle, dass ich die Übeltäterin bin. Ich fühle mich unbehaglich und lächle die anderen Passagiere bedauernd an, während ich mich zu meinem Platz begebe. Als ich ihn erreiche, sitzt dort ein Mann mit Halbglatze auf dem Gangplatz und mustert mich mit hochgezogener Augenbraue.

»Na, Sie sind wohl diejenige, auf die wir warten mussten, hmmm?« Er zieht das letzte Wörtchen vorwurfsvoll in die Länge.

»Entschuldigung, aber ich ...«

»Jaja.« Er winkt ab.

Ich spare mir weitere Worte und verstaue meinen Koffer im oberen Fach. Beinahe fällt er mir dabei aus den Händen, doch ich schaffe es gerade noch, ihn festzuhalten. Ah, ich hasse das alles! Noch immer aufgewühlt, schiebe ich mich an meinem Sitznachbarn vorbei und setze mich ans Fenster. Wenigstens ist der Platz gut.

Dennoch, so ein Chaos. Diese Reise läuft von Anfang an nicht, wie sie sollte. Anstatt mit Heike Schottland zu entdecken, muss ich es allein machen. Aber sonst wäre es schade um das Geld. Mit einem Mal steigen Tränen in meine Augen. Ich bin allein, allein, allein, allein ...

»Das wird trotzdem ganz toll. Glaub mir, Amelie. Dieses Cottage! Es wird dir gefallen. Es ist so süß, und du kannst mal entspannen«, versuchte Heike, mich aufzumuntern. Aber wirklich gelungen ist es ihr nicht.

Weine ich jetzt tatsächlich deswegen? Und außerdem will ich diesen blöden Ohrwurm nicht. Allein, allein ... Was soll's. Ich blinzle die Tränen weg und bin bemüht, mich zusammenzureißen. Nur leider klappt es nicht.

Prompt meldet sich meine innere Stimme: *Ist das dein Ernst? Du heulst, weil du in den Urlaub fliegst? Geht's eigentlich noch?*

»Das wird schon irgendwie, Amelie. Du musst das Beste daraus machen. So was kann passieren, und am Ende wird alles halb so wild. Vielleicht tut es dir gut. Dort wirst du schon einen Plan haben«, sage ich zu mir selbst.

Der Mann am Gang räuspert sich. »Himmel, Maria und Josef.«

Ich wende mich ihm zu. »Tut mir echt leid, dass ich Sie nerve, aber Sie sind sicher auch schon mal zu spät gekommen, und irgendwas ist nicht so gelaufen, wie Sie wollten. Zudem wissen Sie nicht, warum ich spät dran war. Also seien Sie nicht so gemein«, fahre ich ihn an.

Er hebt erneut eine Augenbraue. »Ach herrje, Sie sind so eine Dramaqueen. Auch das noch.«

Bitte was? »Ich bin keine Dramaqueen, ich …«

»Was ist denn hier los? Muss ich erst einen Streit schlichten, oder können wir friedlich losfliegen?« Ein Mann erscheint neben uns, und der Fiesling am Gang macht ihm Platz.

»Das junge Fräulein hier kommt erst zu spät und fängt dann auch noch an, herumzumeckern.«

Ich schüttle den Kopf. »Das ist ja wohl absoluter Unsinn.«

Der andere Mann setzt sich neben mich. Er hat helle, rötliche Haare und einen leichten Bartschatten. »Dann ist es vielleicht nicht schlecht, dass ich umgesetzt wurde. Mein Gurt war nämlich kaputt. Ich würde sagen, wir beruhigen uns jetzt alle mal.«

Ich wende den Blick ab und schaue aus dem Fenster. Beruhigen? Der Kerl hat doch angefangen. Aber ich habe keine Lust auf weitere Diskussionen.

Mein Herzschlag hat sich noch immer nicht beruhigt. Ich ziehe mein Handy aus der Hosentasche, um mich abzulenken und meine Nachrichten zu checken. Eine ist von Heike, und mir wird erneut ganz weh ums Herz.

Ich wünsche dir einen tollen Urlaub. Mir tut es sehr leid, ich wäre so gern bei dir. Geh alles entspannt an, es wird ganz sicher schön. Melde dich, wenn du da bist. Kussi!

Schön? Von wegen! Ich schlucke gegen den Kloß in meinem Hals an und schreibe zurück:

Du fehlst mir jetzt schon. Hier sind alle so gemein. Würde mich nicht wundern, wenn das Flugzeug abstürzt. Aber gleich geht es los. Hab dich lieb.

Nachdem ich die Nachricht abgeschickt habe, setze ich mein Handy in den Flugmodus und fühle mich ziemlich allein. Allein ...
Ohrwurm. Hilfe!
»Irgendwie wird das schon. Ja, es wird schon werden«, murmle ich, und wieder werden meine Augen feucht. Die Tränen brennen, und schließlich kann ich sie nicht mehr zurückhalten. Ich sitze in einem Flugzeug, in dem ich nicht sein will. Allein. Und ich habe keine Ahnung, wohin es mich verschlägt. Zumindest nicht so wirklich. Und dann passiert es: Ein Schluchzer entweicht mir.
»Ach herrje, jetzt weint sie auch noch«, höre ich den Mann am Gang sagen.
Der soll mich bloß in Ruhe lassen.
»Was ist denn los? Brauchen Sie ein Taschentuch?« Der Mann neben mir – der nettere – stupst mich an und hält mir eine geöffnete Tempopackung hin.
Ich sehe zu ihm. »Nein, schon gut.« Dennoch greife ich nach einem Taschentuch und schnäuze mich – leider etwas sehr laut. Ich weiß nicht, warum, aber ich schaffe es nie, mir die Nase leise zu putzen. »Tut mir leid. War ein bisschen laut.«
Er lächelt. »Ist doch okay. Das wird schon alles. So schlimm ist Schottland nicht. Eigentlich ist das Land ganz schön.«

»Ich weine nicht deswegen.«
»Ach, weshalb dann? Liebeskummer?«
»Nein. Warum muss man immer Liebeskummer haben? Ich weine, weil ich allein in den Urlaub muss, obwohl ich es nicht will. Weil ...«
Sein Lächeln wird breiter. »Oh ja, das klingt wirklich sehr dramatisch.«
Der Mann am Gang stöhnt mal wieder auf. Ich werde ihn gleich mit dem Taschentuch bewerfen.
»Alles gut, ich sage nichts mehr. Entschuldigung.« In der Tat klingt meine Aussage vielleicht ein bisschen verrückt. Aber allein im Urlaub? Das ist nicht ohne. Zumindest für mich. Und dann noch gefühlt ins Ungewisse zu fliegen? Eine Horrorvorstellung!
Irgendetwas klingelt, und ich bemerke, dass es das Handy meines Sitznachbarn ist. Es ist noch nicht im Flugmodus. Mal sehen, was die Dramaqueen am Gang dazu sagt.
»Henchen, ich bin schon im Flieger. Ich kann jetzt nicht telefonieren«, flüstert er ins Handy.
Henchen? Ist das ein Kosename? Er hat wohl eine Freundin. Schade. Gut sieht er schon aus. Doch irgendwie war es klar. Wobei es mich nichts angeht. Wieso mache ich mir überhaupt darüber Gedanken?
»Ja, ich freue mich auch sehr. Danke. Bis dann.« Er beendet das Gespräch.
Kurz sehe ich zu ihm, aber er ist nun damit beschäftigt, den Flugmodus einzuschalten. Zum Glück hat er es rechtzeitig bemerkt und nicht erst in der Luft.

In diesem Moment ertönt ein Signal. *Ping!* Der Flieger setzt sich in Bewegung, vermutlich in Richtung Startbahn. Jetzt geht es wirklich los.

Die Stimme des Kapitäns erklingt durch die Lautsprecher: »Ready for take-off. Mpppfnusch stmalld star … nuschel nuschelnckmsdkid.«

Okay, alles klar. Warum versteht man eigentlich diese Piloten nie? Was treiben die bitte immer mit ihrem Mikrofon? Das würde mich ernsthaft interessieren.

Ich überprüfe noch einmal meinen Gurt. Alles sitzt fest, alles ist gut. Es wird nichts passieren. Und falls doch, kann ich es eh nicht mehr ändern. Ich muss nur den Kopf ausschalten. Tief ein- und durch die Nase ausatmen. So ist es besser.

Eine Weile rollt das Flugzeug, vorbei an den Fluglotsen, den wartenden Maschinen, und schließlich stehen wir bereit. Als das Flugzeug beschleunigt, klammere ich mich am Griff fest. Es rattert über die Startbahn, und dann – mit einem Ruck, der durch meinen Magen geht – hebt es ab. Ich bin schon öfter geflogen, aber dieses mulmige Gefühl werde ich wohl nie los. Ich schließe die Augen und halte mich noch immer verkrampft an der Armlehne fest, während der Flieger ruckelt und wackelt und weiter in die Luft steigt.

Kurz darauf wird es ruhiger. Ich blinzle durch meine Lider, schaue aus dem Fenster und sehe, wie alles unter mir kleiner wird. Oh, wow! Das ist wahnsinnig schön. Die Häuser wirken wie Miniaturen, und Menschen sind nicht mehr zu erkennen, nur ganz winzige Autos, die über die Straßen fahren.

»Geschafft«, murmle ich, blicke noch einen Moment nach draußen und lehne mich zurück, als nur noch die Wolken zu sehen sind.

»Zum ersten Mal im Flugzeug?«, fragt mein Sitznachbar.

Ich wende ihm den Kopf zu. Während seines Telefonats ist mir bereits aufgefallen, wie gut er aussieht, und nun wird mir bewusst, dass er wie ein echter Schotte wirkt. Ob seine Freundin von dort kommt? Aber er hat Deutsch gesprochen ... Ach, was weiß ich.

Noch immer wartet er auf meine Antwort. »Ähm, nein, es ist jedoch immer wieder aufregend. Ich mag es nicht, keine Kontrolle zu haben«, sage ich und seufze kurz.

»Dieses Geseufze.« Klar, der Kerl am Gang hat mal wieder etwas zu meckern.

Achtung, gleich fliegt das Taschentuch. Ein Wunder, dass er in Bezug auf das Telefonat ruhig geblieben ist.

»Darf ich nicht seufzen? Oder denken? Müssen Sie zu allem etwas sagen?«

»Sie dürfen natürlich denken, doch das tun Sie nicht. Stattdessen reden und jammern Sie andauernd.«

»Ich bin eben aufgeregt. Entschuldigung.«

Mein Sitznachbar lacht. »Da wurde mir ja etwas eingebrockt mit diesem Platz.« Er greift nach seinen Kopfhörern, lächelt jedoch dabei.

»Eigentlich würde hier meine Freundin sitzen«, erkläre ich ihm.

»Ach so?«

»Ja, aber die kann leider nicht. Na ja, wie auch immer.« Mein Gott, was hatte ich denn bitte vor? Ihm meine Lebensgeschichte zu erzählen? Peinlich. Ich sollte ihn echt in Ruhe lassen.

Er nickt, und schon steckt er sich die Kopfhörer ins Ohr. Ich beschließe, mich ebenfalls zu beschäftigen, und blicke auf das Display vor uns, das die Flugdauer anzeigt. Sie beträgt nur noch etwas über drei Stunden. Zum Glück gibt es seit Kurzem einen Direktflug von München nach Inverness, sonst hätte ich noch einen Zwischenstopp in London einlegen müssen.

Okay, was jetzt? Schlafen? Eine gute Idee, denn ich bin wirklich erschöpft. Ich lehne mich in den Sitz, rutsche etwas tiefer, um die Beine besser ausstrecken zu können, und schließe die Augen.

Tod dank Schnapsidee?

Warum um Himmels willen wackelt das Flugzeug so? Ein heftiger Stoß hat mich geweckt und aus dem Schlaf gerissen. Mir wird übel. Was ist hier los, und wieso spüre ich einen Druck in meinen Ohren? Doch nicht nur dort, auch in meinem ganzen Körper breitet sich ein merkwürdiges Gefühl aus. Langsam öffne ich die Augen, und sofort schießen mir eine Million verschiedene Gedanken durch den Kopf. Meldungen von Flugzeugabstürzen tauchen auf. Oh nein, oh nein, oh nein …

Panisch sehe ich mich um. Hätte ich doch besser aufgepasst, als die Flugbegleiterin die Notfallmaßnahmen geschildert hat.

Mein Blick fällt auf meinen Sitznachbarn, der mich anlächelt. »Was ist das?«, keuche ich und muss tief ein- und ausatmen. Wieder ruckelt es heftig, und ich greife reflexartig nach seiner Hand.

»Alles gut. Es passiert nichts, glaub mir«, sagt er, doch wirklich beruhigen kann mich das nicht.

Warum sollte ich ihm glauben? Woher soll er das wissen? Und was ist hier bitte gut? Ich habe gerade das Gefühl, dass überhaupt nichts gut ist. Warum bin ich nur in dieses Flugzeug gestiegen? War es sogar ein Wink des Schicksals, dass der Sicherheitsbeamte mich herausgezogen hat? Sollte ich vielleicht gar nicht hier in der Maschine sein? War das der eigentliche Plan? Hätte ich die Reise absagen sollen?

Ein erneuter Ruck geht durch mich hindurch, und ein kurzer Schrei kommt mir über die Lippen. »Das ist ein Albtraum. Wir stürzen ab. Gleich ist alles vorbei.« Die Angst überrollt mich so heftig, dass ich die Luft anhalte.

»Ganz ruhig. Das sind nur ein paar Turbulenzen. Einatmen und ausatmen.« Der Blick meines Sitznachbarn liegt nach wie vor fest auf mir. »Also, ein und wieder aus«, sagt er, aber ich klammere mich nur noch fester an seine Hand.

Wieder rumpelt es.

»Oh Gott, das darf nicht sein. Ich sterbe allein, und das wegen so einer Schnapsidee – oder eher Liköridee? Alles nur, weil Heike meinte, wir müssen nach Schottland, weil dort die Männer so toll sind. Und das auch nur wegen unserer Lieblingsserie *Outlander*. Ich wollte nicht nach Schottland, schon gar nicht ohne Plan. Ich brauche einen Plan und …« Okay, ich bin panisch. Ich bin sehr panisch. Doch mit einem Mal wird es im Flugzeug wieder ruhiger. Einfach so. Ich schlucke. »Es wird besser, oder? Wir sterben nicht?«

In diesem Moment ertönt eine Durchsage des Kapitäns. »Entschuldigen Sie bitte die Turbunuschellenznuschelen. Nuschel nuschel nuschel. Wolke nuschel nuschel geraten.«

»Nein, ich denke, wir sterben nicht«, sagt der Mann neben mir.

Oh! Wie unangenehm. Unruhig rutsche ich auf meinem Sitz herum.

»Dann bist du also eine *Outlander*-Touristin, die auf der Suche nach einem Abenteuer mit einem Schotten ist? Sag jetzt aber nicht, dass es ein *Jamie* sein muss.«

Das ist so peinlich. Kann das Flugzeug bitte noch einmal in Turbulenzen geraten? Das wäre mir auf alle Fälle lieber, als darauf zu antworten.

Ich winke ab. »Nein, also ... natürlich nicht.« Als mir auffällt, dass ich noch immer seine Hand halte, die sich so schön warm und weich anfühlt, schlucke ich und ziehe sie schnell weg.

Der Mann lacht erneut, dabei finde ich es alles andere als lustig. Aber egal, ich werde ihn sowieso nie wiedersehen. Was irgendwie schade ist, denn eigentlich ist er ganz ansehnlich und nett. Peinlich war nur mein Ausbruch gerade, aber ändern kann ich es ohnehin nicht mehr.

»Brauchst du mich noch?«, will er wissen.

Ich schüttle den Kopf, weil ich den Mund halten sollte, bevor es noch unangenehmer wird.

»Gut.« Er steckt sich wieder die Kopfhörer in die Ohren.

Ich wende mich ab und ärgere mich weiter über die peinliche Situation. Aber was soll's. Ich muss nur noch eine Weile im Flugzeug aushalten, und danach geht jeder seines Weges. Dann hat das Drama ein Ende – zumindest was den Hinflug betrifft. In Schottland geht es erst richtig los.

Ich drehe durch

»In wenigen Minuten beginnen wir mit der Landung. Nuschel nuschel Inverness«, rasselt es durch die Lautsprecheranlage.

Ich bin unendlich erleichtert, dass das Flugzeug bald landen wird, und kann es kaum erwarten, wieder Boden unter den Füßen zu haben. Als ich nach draußen sehe, erblicke ich unglaublich viele grüne Wiesen. Alles kommt näher, wird größer, und schließlich landet das Flugzeug mehr oder weniger sanft. Während einige Passagiere klatschen, atme ich tief durch.

»Geschafft. Du hast es überlebt«, sagt der Mann neben mir.

Ich räuspere mich. »Ja, tatsächlich. Man glaubt es kaum.«

Er legt den Kopf schief. »Das wird schon. Urlaub ist nicht so übel.«

Ja, muss es eigentlich, denke ich, sage jedoch nichts weiter.

Eine Weile bleiben wir noch sitzen, ehe das rege Treiben beginnt. Der Mann am Gang tippt auf seinem Handy herum und steht schließlich auf. »Na dann, auf Nimmerwiedersehen.« Er wirft mir einen vielsagenden Blick zu.

»Ihnen auch eine schöne Zeit«, murmle ich.

Mein Sitznachbar grinst. »Und wohin geht es jetzt?«

»Das weiß ich ehrlich gesagt nicht so genau. Irgendwas mit … Ich habe die Unterlagen und …« Ich winke ab. »Keine Ahnung. Ich werde es aber bald erfahren.«

Er nickt und erhebt sich. »Also, viel Spaß in Schottland, wo auch immer du hinmusst.« Er zwinkert mir zu.

»Danke, das wünsche ich auch.«

Er reiht sich in die Schlange ein. Noch ein letzter Blick, dann ist er weg. Sicher freut er sich auf seine Freundin. Auf Henchen.

Ich bleibe sitzen, bis es leerer wird, dann stehe ich auf, ziehe mein Gepäck aus dem Fach und verlasse das Flugzeug ebenfalls. Die Flugbegleiterinnen verabschieden mich, und ich gehe durch den schmalen Gang zum Terminalgebäude. Als ich die Ankunftshalle erreiche, sehe ich mich um. Sie ist groß, gut beleuchtet, und es herrscht ein reges Stimmengewirr.

Jetzt bin ich also in Schottland. Wahnsinn. Aber was nun?

Als ich bemerke, wohin ich als Nächstes muss, werde ich nervös. Die Passkontrolle steht an. Doch glücklicherweise verläuft alles problemlos, und ich ziehe meinen Koffer hinter mir her in Richtung Ausgang. Da ich nur eine Woche weg bin, habe ich lediglich das Handgepäck. Ich hoffe, dass ich das nicht bereuen werde. Die große Glastür öffnet sich, als ich nähertrete, und schließlich atme ich frische Luft ein. Irgendwie riecht es in Flughäfen immer besonders. Nach einer Mischung aus Parfüm und dem Duft von Treibstoff sowie einer Spannung auf das Unbekannte.

Ja, unbekannt wirkt alles auf mich. Neu und aufregend. Und ich bin ganz allein. Allein ... Das ist eine neue Erfahrung für mich. Mein Herz klopft etwas schneller.

Ich blicke in den Himmel. Die Sonne scheint, nur wenige Wolken bedecken ihn.

Okay, Amelie, das wird schon.

Ich ziehe die Reiseunterlagen aus meiner Handtasche, suche den Zettel mit der Adresse und sehe mich nach einem Taxi um. Schließlich muss ich zu dem »hammermäßigen Cottage« kommen, wie Heike es genannt hat.

Zum Glück entdecke ich eines der schwarzen Autos und gehe darauf zu. Als ich mich ihm nähere, stelle ich fest, dass mein Sitznachbar aus dem Flugzeug ebenfalls dort steht. Vielleicht kann er mir helfen? Wobei – habe ich ihn während des Fluges nicht genug genervt? Ich suche mir lieber ein anderes Taxi.

Noch bevor ich mich abwende, fällt sein Blick auf mich. »Hey«, sagt er.

Ich lächle und wedle mit dem Zettel in meiner Hand herum. »Da bin ich schon wieder.«

»Das ist eine Überraschung. Weißt du inzwischen, wo du hinmusst?«

Irgendwie bin ich erleichtert, dass er fragt. Ich zeige ihm den Zettel mit der Adresse. »Ja, also ... dorthin. Muss wohl ein hammermäßiges Cottage sein.«

Er mustert den Zettel. »Ah, das kenne ich.« Er reibt sich über die Stirn und wirkt auf einmal etwas nachdenklich. Ist das jetzt ein gutes Zeichen?

»Und? Ist es der Hammer?«, hake ich nach.

Er legt den Kopf schief. »Joa, kann man so sagen. Das alles ist echt der Hammer.« Sein Grinsen wirkt zweideutig, aber vielleicht bilde ich es mir nur ein. Während ich den Zettel zurück in meine Handtasche packe, meint er: »Ich muss in die gleiche Richtung. Wenn du möchtest, können wir uns das Taxi teilen.«

So ein Glück. Tatsächlich wäre es mir recht, um mich etwas sicherer zu fühlen. Immerhin kennt er das Cottage.

»Gerne, danke«, antworte ich also.

Er wendet sich dem Fahrer zu und spricht ihn auf Englisch an. Ich verstehe, was er ihm sagt: dass wir beide mitfahren möchten. Der Fahrer steigt aus, um unser Gepäck im Kofferraum zu verstauen, während wir uns ins Taxi setzen. Meine Handtasche lege ich in den Fußraum.

Der Fahrer nimmt auf dem Fahrersitz Platz und blickt uns an. »Willkommen in Schottland. Wohin soll es gehen?«, fragt er auf Englisch.

Mein Sitznachbar antwortet erneut in fließendem Englisch. Er redet schnell, aber irgendetwas von einem Schaf verstehe ich noch. Okay.

Der Taxifahrer lächelt und startet den Motor, während ich mich meinem Begleiter zuwende. »Danke, dass du dich darum gekümmert hast. Du redest echt schnell. Ich habe nur das Wort *Schaf* verstanden.«

Er lacht. »Kein Problem. Ich bin Schotte, weißt du.«

Ich hebe eine Augenbraue. »Oh, tatsächlich? Und du lebst sonst in Deutschland?«

»Da arbeite ich nur.«

»Ach so, super. Dann werden wir schon gut ankommen.«

Hach, ich bin wirklich erleichtert. Ich entspanne mich und blicke beeindruckt aus dem Fenster. Viele grüne Wiesen ziehen an uns vorbei, als wir das Flughafengelände verlassen. In der Ferne erstreckt sich der Moray Firth – eine Meeresbucht, deren Namen ich mir erstaunlicherweise merken konnte. Wie auch immer, ich bin gespannt, was mich erwartet. Vielleicht wird es doch nicht so übel.

»War es Absicht, dass du dieses Cottage gebucht hast?«, fragt mein Sitznachbar und reißt mich damit aus meinen Gedanken.

»Na ja, nicht ich habe es gebucht, sondern meine Freundin. Aber sie meinte, es sei ...«

»Hammermäßig. Stimmt.«

»Genau.«

»Und wann hat sie gebucht?«

»Vor ein paar Wochen. Woher kennst du das Cottage überhaupt?«

»Ich bin öfter hier.«

»Klar, aber ich muss mir keine Gedanken machen, oder?«

»Nein, alles gut. Ich wollte es nur wissen.«

Ich denke wieder an das Telefonat mit seiner Freundin, wie ich vermute. Jetzt kann ich es herausfinden. »Und was machst du hier? Besuchst du deine Freundin?«

Er grinst. »Du möchtest wissen, ob ich eine Freundin habe? Würde ich dich dann nicht mehr loswerden, wenn es nicht so wäre?«

»Also wirklich. Nein, du siehst zwar gut aus, aber mach dir mal keine Gedanken. Ich wollte es nur wissen …«, wiederhole ich seine Worte von eben. Mist! Habe ich ihm tatsächlich ein Kompliment zu seinem Aussehen gemacht?

»Ach, ich sehe also gut aus? Danke.«

Meine Wangen werden spürbar warm. »Ja, aber auch nicht unwiderstehlich. Und überhaupt bin ich nicht auf Schottenjagd. Das kam im Flugzeug echt falsch rüber.«

»Tatsächlich? Also, mir kam das ganz klar und deutlich vor. Wie war das noch? ›Das darf nicht sein. Ich sterbe allein. Wegen so einer Schnapsidee – oder Liköridee. Nur weil Heike nach Schottland wollte, weil dort die Männer angeblich toll sind. Wie bei Outlander. Ich wollte nicht nach Schottland, erst recht nicht ohne Plan. Ich brauche einen Plan.‹ So in der Richtung.«

Ich rolle mit den Augen. »Eben. Heike wollte das, nicht ich. Und ich war in einer Extremsituation.«

Er verzieht die Lippen zu einem Lächeln.

Damit er meine roten Wangen nicht sieht, wende ich mich ab und schaue aus dem Fenster. Mir doch egal, ob er eine Freundin hat. Ich konzentriere mich auf die hübschen Häuschen und grünen Wiesen. Mittlerweile wirkt es so, als wären wir irgendwo im Nirgendwo. Wie lange wird die Fahrt noch dauern? Und vor allem: Wie weit sind wir von Inverness entfernt?

»Wir fahren ziemlich weit hinaus. Ist das wirklich richtig?«, frage ich, weil ich dann doch ein mulmiges Gefühl habe.

Der Mann nickt. Okay, es ist also alles in Ordnung.

Weitere grüne Wiesen, Büsche, Schafe und Steine ziehen an uns vorbei. Es nimmt kein Ende.

Das ist doch nicht Heikes Ernst? Tatsächlich hoffe ich darauf, dass gleich ein Dorf auftaucht oder zumindest ein paar Häuser, als der Taxifahrer in einen Feldweg einbiegt und vor einem Cottage anhält.

Meine Kehle wird bei dem Anblick eng. Nein, bitte nicht. »Warum halten wir an?«, krächze ich auf Englisch.

»Wir sind da«, erklärt der Fahrer.

Ähm, Moment. Das kann doch nicht sein? Will er mich veralbern? Falls nicht, werde ich Heike umbringen.

»Sind Sie sicher?«, frage ich mit zittriger Stimme.

Ohne ein weiteres Wort steigt der Fahrer aus. Mit wackeligen Beinen hieve ich mich aus dem Taxi und warte, bis er mir meinen Koffer reicht.

»Ist das wirklich richtig? Das ist das *hammermäßige* Cottage? Ich meine, hier ist ja nichts …«, sage ich an meinen Sitznachbarn gerichtet.

Er grinst. »Klar. Hast du es dir anders vorgestellt?«

Anders vorgestellt ist ja wohl kein Ausdruck. »Ja, also … ich kläre das.« Ich schließe die Tür und wende mich mit meinem besten Englisch an den Fahrer. »Das muss falsch sein.«

Aber er sieht mich nur schmunzelnd an. »No, it's all right. Have a good time.« Mit diesen Worten setzt er sich ins Taxi und fährt los.

Spinnt der?

»Warten Sie! Hey!«, rufe ich ihm nach, doch er ist längst weg. Zusammen mit meinem Sitznachbarn.

Was war das denn? Wie unfreundlich! Und der Kerl, mit dem ich mir das Taxi geteilt habe, hat nicht einmal Tschüss gesagt. Ernsthaft, wo bin ich hier gelandet?

Seufzend betrachte ich das Cottage genauer. Es ist klein, urig und ganz sicher nicht hammermäßig. Zudem steht es am Arsch der Welt. Mitten in einem Feld, umgeben von nichts als Wiesen, ein paar Bäumen, Hecken und diesem schiefen Holzzaun.

Ich glaube, ich bekomme die Krise. »Das kann doch nicht sein!«, rufe ich. Ein flaues Gefühl macht sich in meinem Magen breit, das schnell von Wut verdrängt wird.

Nein, ich will hier nicht sein. Ich rufe Heike an und …

»Mäh!«, macht es neben mir, und ich zucke zusammen. Ein Schaf trottet auf mich zu, das mich mit seinen bernsteinfarbenen Augen neugierig und irgendwie fragend ansieht. Zum Glück trennt uns ein Zaun.
»Ähm, hallo«, murmle ich und bin ganz perplex.
Dann senkt es den Kopf und beginnt, Gras zu fressen. Gehört es am Ende zum Cottage? Vermutlich. War da nicht irgendetwas? Hat der Kerl mit dem Taxifahrer nicht über ein Schaf gesprochen? Also habe ich mich doch nicht verhört.
Gut. Und jetzt?
Möglichkeit eins: Ich drehe durch.
Möglichkeit zwei: Ich drehe noch mehr durch.
Oder Möglichkeit drei: Ich gehe ins Haus, schaue mir alles an und kläre die Sache. Da muss ein Fehler passiert sein. Heike kann sich so etwas nicht ernsthaft für uns ausgedacht haben und auch noch behaupten, es sei hammermäßig.
Wie komme ich überhaupt ins Cottage? Die Vermieterin, eine Ellen McCanzy, hat angeblich den Schlüssel unter einem der Blumenkästen deponiert. Das hat mir Heike jedenfalls gesagt. Was, wenn ich mich so umsehe, ein Problem ist, da auf dem Grundstück ungefähr zwanzig Blumenkästen herumstehen. Ich reibe mir die Schläfen, hinter denen es pocht.
Ruhig bleiben, Amelie, ruhig bleiben. Alles wird gut.
Mein Blick fällt auf das Schaf. Es grast noch immer.

»Hast du eine Ahnung, wo ich den Schlüssel finde?«, frage ich und rolle gleichzeitig mit den Augen. Ganz sicher wird mir das Schaf antworten – nicht.
»Na schön. Ich mache mich einfach auf die Suche. Danke für deine Hilfe.«

Es geht schon los, ich drehe durch.

Ich öffne das Tor und zerre meinen Koffer hinter mir her zum Cottage.

»Hey, du da! Was machst du da?«, ruft jemand auf Englisch.

Ich zucke zusammen und drehe mich nach der weiblichen Stimme um. Die Frau auf der Straße ist wie aus dem Nichts aufgetaucht. Unheimlich. Ihre kupferroten Haare mit hellen Pigmenten schimmern in der Sonne.

»Ähm, ich bin Amelie Liebich. Ich habe das Haus bei Ellen McCanzy gemietet.«

»Ach so, du bist das. Aber allein?«

Woher weiß sie das? »Meine Freundin konnte leider nicht mitkommen.«

»Wie schade. Suchst du den Schlüssel? Der ist unter dem blauen Blumentopf am Fenster.« Sie deutet in die besagte Richtung auf einen etwas größeren Blumentopf, in dem verschiedene Kräuter wachsen.

»Dieser?« Ich zeige mit dem Finger darauf.

»Richtig.«

Ich weiß nicht, ob ich es gut oder schlecht finden soll, dass scheinbar jeder hier in der Gegend weiß, unter welchem Blumentopf der Schlüssel zum Cottage versteckt ist. Aber egal. Ich gehe darauf zu, hebe den Topf an – und tatsächlich: Darunter liegt ein rustikaler Schlüssel. »Danke schön«, rufe ich der Frau zu.

»Nichts zu danken.« Sie geht weiter.

Als ich den Schlüssel nun in das eiserne Schloss schiebe, öffnet sich die Tür quietschend, und ich sehe vorsichtig hinein. Mein Herz klopft heftig, und ich bin aufgeregt, weil ich nicht abschätzen kann, was mich erwartet.

Das Erste, was ich wahrnehme, ist der etwas gewöhnungsbedürftige Geruch nach Kräutern und alten Möbeln. Dann die einfache Einrichtung. Oh mein Gott. Ich sehe mich genauer um. Mitten im Raum steht ein Doppelbett, auf dem einige Decken liegen. In der linken Ecke ist die Küche, dahinter befinden sich zwei Türen. Außerdem stehen Bücherregale mit allerlei Schnickschnack und eine Couch auf der rechten Seite verteilt.

Also schön, dann mal rein in die gute Stube. Ich ziehe meinen Koffer hinter mir her und betrete das Cottage. Als ich mich noch einmal umsehe, seufze ich. Genau in diesem Moment folgt mir das Schaf. Es scheint keine Scheu zu haben.

Ich betrachte es fragend. »Du hast hier nichts verloren. Raus mit dir. Husch, husch!« Ich trete an das Schaf heran und berühre sein weiches Fell. »Los jetzt.« Mit sanftem Druck will ich es zur Tür schieben, aber das Schaf bewegt sich nicht. Na toll. Ich gebe auf, und es sieht mich mal wieder einfach nur an.

Oh Mann. Ich reibe mir die Hände. Was riecht denn hier so?

»Och ne, du stinkst!«, sage ich an das flauschige Tier gerichtet, doch meine Worte scheinen es nicht weiter zu beeindrucken.

Na toll. Ich befinde mich mitten in der Einöde, umgeben von scheinbar nichts, und mein Mitbewohner ist ein etwas muffliges Schaf. Wunderbar. Schlimmer kann es nicht mehr werden.

»Jetzt wirklich. Geh raus!«, sage ich mit Nachdruck, doch das Schaf tapst nur noch weiter ins Cottage und denkt nicht daran, auf mich zu hören.

Super! Was jetzt?

Ich schließe erst einmal die Tür und stolpere beinahe über das Schaf, das nun auf dem Boden mitten auf einem alten gewebten Teppich mit bunten Mustern liegt. Ich stemme die Hände in die Hüften und kneife die Augen zusammen. »Darüber reden wir noch. Sei froh, dass ich andere Probleme habe, als dass du hier herumliegst.«

Schnaufend wende ich mich ab. Okay, irgendetwas muss doch hier sein. In Hotels gibt es auch immer irgendwelche Willkommensschreiben.

Auf dem Küchentisch entdecke ich eine Mappe und schlage sie auf. »Welcome« steht dort in schnörkeliger Schrift. Ich atme tief durch und überfliege den Rest. Tja, welcome ... Na schön, es steht nicht viel drin, nur dass man die Fahrräder hinter dem Haus benutzen kann und Geschäfte in der Nähe sind. »Falls Sie etwas brauchen, finden Sie alles in den Geschäften in *Caledoncroft*. Kümmern Sie sich bitte gut um Nessi«, lese ich vor. »Nessi? Was meint sie damit?«

Als ein erneutes »Mäh!« ertönt und das Schaf mich mit seinen großen Augen ansieht, wird es mir schlagartig bewusst. War ja klar, ich habe es bereits vermutet.

»Nessi – ist das dein Name?«

Natürlich bekomme ich keine Antwort. Warum auch? Als ob es reden könnte.

»Na schön, wie auch immer«, murmle ich und lese weiter. »Nach Inverness fährt ein Bus.« Die spärlichen Verbindungen sind ebenfalls aufgelistet.

Inverness. Eigentlich dachte ich, dass wir dort ein Cottage haben würden. Oder zumindest in der Nähe. Aber nein, ich bin in der Einöde gelandet. Caledoncroft – was auch immer das für ein Ort sein soll. Sicherlich ein winziges Dorf.

Das ist doch wirklich absoluter Mist. Was fand Heike daran nur so hammermäßig? Irgendetwas muss schiefgegangen sein. Ich muss sie anrufen. Deswegen suche ich meine Handtasche, in der mein Handy steckt, doch ich kann sie nicht finden. Verflixt, wo ist sie? Liegt sie vor dem Haus? Doch dann geht ein heftiger Ruck durch mich hindurch, und es fällt mir wie Schuppen von den Augen.

Oh mein Gott! Das darf doch nicht wahr sein! Habe ich meine Tasche in der Eile im Taxi vergessen? Bitte nicht!

In Gedanken gehe ich alles noch einmal durch. Wann hatte ich die Tasche zum letzten Mal in der Hand? Im Taxi, als ich sie dort im Fußraum abgestellt habe. Nein, nein, nein! Und warum hat dieser Kerl nichts gesagt? Weil sie gleich weitergefahren sind ...

»Was ist das hier nur für ein Albtraum?«
Ich halte inne. Gibt es im Cottage vielleicht ein Telefon?
»Mäh!« Nessi hebt den Kopf in meine Richtung, als ich an ihr vorbeipoltere. Fühlt das Schaf sich etwa angesprochen? Scheint so.
»Ich brauche ein Telefon.« Hektisch gehe ich am Bücherregal vorbei, sehe in die Küche, schaue am Bett nach, hebe sogar eine der Decken hoch. Aber nichts. Mir wird heiß, und ich fächere mir Luft zu. So ein Chaos. Wirklich ganz toll.

Erneut massiere ich mir die Schläfen und atme tief durch. Ein und aus, ein und aus. Dieser blöde Kerl aus dem Flugzeug! Er hätte doch bemerken müssen, dass meine Tasche noch im Taxi ist. Aber nein.

Ruhig Blut und nachdenken, Amelie. Wie kann ich das Problem lösen? Denn selbst wenn ich ein Telefon finde, was sollte ich damit tun? Kann ich die Polizei anrufen? Nein, die Taxizentrale ergibt mehr Sinn. Und was sage ich dann? Einer ihrer unfreundlichen Fahrer hat mich im Nirgendwo abgesetzt? Vielleicht sollte ich mir die Mappe noch einmal ansehen. Die Vermieterin muss irgendwo eine Nummer hinterlegt haben. Womöglich auf dem Schreiben? Dann könnte ich zumindest sie kontaktieren und …

Es klopft an der Haustür, und ich zucke erschrocken zusammen, während Nessi neugierig den Kopf hebt.

Wer kann das sein? Ich gehe zur Tür. Mein Herz schlägt heftig. Denn mal ehrlich, warum klopft jemand – irgendwo im Nirgendwo – an diese Tür?

»Hallo? Ist da jemand?«, höre ich eine männliche Stimme.

Nein, hier ist niemand. Ich will nicht ausgeraubt werden. Wobei, was soll er schon stehlen? Ich schleiche zum Fenster neben der Tür und schiele hinaus. Da steht der Kerl, mit dem ich mir das Taxi geteilt habe. Ein riesiger Stein fällt mir vom Herzen, und ich öffne rasch die Tür. Erst fällt mein Blick auf seine Augen und dann auf meine Tasche, die er in der Hand hält.

Ich schlage mir nach einem kurzen Freudenschrei eine Hand auf den Mund. »Oh mein Gott! Ich danke dir so sehr. Ich habe gerade festgestellt, dass ich sie nicht habe, und dachte schon, ich bin total aufgeschmissen. Der Taxifahrer ist einfach losgefahren. Das war echt das Letzte. Ich dachte, ich spinne«, schimpfe ich.

Er wirkt wie immer gelassen, so als könnte ihn nichts auf der Welt aus der Ruhe bringen. »Das dachte ich mir schon. Deswegen habe ich mich beeilt, als ich es festgestellt habe, bevor bei dir womöglich der nächste Nervenzusammenbruch ansteht. Aber den hast du ja schon hinter dir.« Er grinst und reicht mir die Tasche.

Mein Herz klopft erneut schnell. Nervenzusammenbruch? Als ob! Das war eher ein ... Gibt es dafür eine Steigerung? Egal.

»Danke schön, das ist echt nett. Aber ich habe keinen Nervenzusammenbruch. Ich meine, ich sitze in der Einöde – mit einem Schaf, doch sonst läuft alles super.«

Er lacht, und ich mustere ihn erneut. Seine grünen Augen sehen beinahe so aus, als würde sich die Natur darin spiegeln. Ich schlucke. Was denke ich da bitte? Zudem bin ich auch noch etwas wütend, weil er sich nicht verabschiedet hat. Aber gut, er konnte in dem Moment nichts daran ändern, dass der Taxifahrer es eilig hatte.

»Bedeutet das, es gefällt dir hier nicht?«, will er wissen und reißt mich damit aus meinen Gedanken.

»Du meinst das Cottage? Ach, merkt man das?«

Er legt den Kopf schief. »Ein klein wenig vielleicht?«

Ich recke das Kinn. »Ja, ehrlich gesagt nicht. Und wenn ich die Reise geplant hätte, wäre mir das sicher nicht passiert. Aber das hier ist nicht auf meinem Mist gewachsen.«

»Nicht? Wessen Schuld ist es dann? Ach ja, stimmt – deine Freundin Heike, oder?«

»Ja, meine *ehemalige* Freundin Heike. Und zwar ab heute.« Ich streiche mir eine Haarsträhne aus der Stirn. »Aber vielleicht tue ich ihr Unrecht, denn das hier kann sie nicht ernsthaft für uns gebucht haben. Da ist sicherlich ein Fehler passiert. Ich würde nie in so eine Einöde gehen und mir erst recht nicht ein Cottage mit einem muffelnden Schaf teilen …«

Wie aufs Kommando gibt Nessi ein »Mäh!« von sich.

»Ich glaube, das hat sie gehört.«

Ich zucke mit den Schultern. »Mir egal. Ich kann hier jedenfalls nicht bleiben.«

»Das musst du mit Ellen klären. Wobei wir erst mal etwas anderes klären müssen.«
Was meint er damit? Was haben wir zu klären?
»Mit Ellen? Und warum *wir*?«
»Ellen ist doch die Vermieterin.«
»Ach so, ja. Du kennst sie?«
»Allerdings.«
»Super, das sind gute Neuigkeiten. Dann löst sich das Problem rasch. Kannst du mir vielleicht helfen? Denn ... ich mag Schafe, die Natur und all das, aber ich weiß nicht – na ja, nicht so mittendrin. Sie hat vielleicht einen Ersatz oder so?«
»So schlimm?«
»Ja, irgendwie schon.«
Er lacht. »Okay. Du musst jetzt stark sein, denn dir wird nicht gefallen, was ich dir zu sagen habe.« Er reibt sich die Stirn.
»Was denn?«
Er verzieht die Lippen zu einem Schmunzeln. »Kurz und knapp: Ich habe das Cottage ebenfalls gebucht ...«
Ich trete einen Schritt zurück und sehe ihn fassungslos an. Das kann doch nicht sein! Ich muss mich festhalten, irgendwo. »Haha, sehr witzig! Das ist ein Scherz, oder?«
»Ich wünschte, es wäre einer, aber leider muss ich dich enttäuschen.«
»Du veräppelst mich nicht?«
»Nope! Ach, und wenn wir jetzt schon Mitbewohner sind ...« Er reicht mir seine Hand, die ich allerdings nicht annehme.

Stattdessen verschränke ich die Arme vor der Brust. »Moment, Moment. Nein, einfach nur nein.« Ich suche in seinem Blick nach einem Anzeichen von Belustigung, aber er scheint mich nicht zu veralbern. Oder doch? Da! Er grinst. »Es ist ein Scherz. Wusste ich es doch«, sage ich und lächle nun auch.

»Nein, immer noch nicht. Aber glaub mir, ich habe Ellen eben gesucht, weil ich wusste, dass irgendwas nicht stimmt, als du meintest, du hättest das Cottage hier gebucht ...«

»Nicht ich, sondern ...«

»Heike, ich weiß.«

»Ja, und? Was hat Ellen gesagt?«

»Ich habe sie nicht gefunden und auch nicht erreicht.«

»Aber wie kann das mit der doppelten Buchung passiert sein?«

Er zuckt mit den Schultern. »Keine Ahnung Sicher nur ein Fehler – das vermute ich zumindest.«

Ich sehe mich im Cottage um. »Aber das geht nicht. Absolut nicht. Ich teile mir das hier doch nicht auch noch mit einem Fremden und mit einem Schaf. Und ... Ich kenne dich ja gar nicht. Wer weiß, ob das, was du mir hier erzählst, überhaupt stimmt? Du hast wirklich versucht, sie zu erreichen?«

»Ja, das habe ich doch gesagt.« Jetzt rollt er auch noch mit den Augen. Ist er etwa von mir genervt?

»Ach komm, das muss dich doch auch stören. Kannst du sie nicht anrufen?«

»Sie meldet sich dann schon.«

»Das reicht mir nicht. Gib mir ihre Nummer.«
Er grinst und deutet zum Küchentisch. »Die steht in der Mappe.«

»Na schön.« Er hätte sie mir ja auch einfach sagen können. Stattdessen wende ich mich ab, suche die Nummer in der Mappe und tippe sie in mein Handy ein. Es tutet einmal, zweimal. »Hinterlassen Sie eine Nachricht für Ellen«, höre ich und lege auf. »Mailbox.« Ich probiere es erneut, erreiche sie aber wieder nicht. »Toll, wie kann man nicht erreichbar sein? Und das auch noch, wenn man weiß, dass Gäste kommen?«

»Vielleicht hat sie gerade keinen Empfang? Warum sprichst du ihr nicht drauf?«

Ich kneife die Augen zusammen. »Weil, weil … eben. Ach verdammt. Hast du keine andere Idee?«

»Am Abend ist sie oft im Pub. Ansonsten ruf sie einfach in einer halben Stunde noch mal an. Ich mache es mir jetzt gemütlich.« Er bückt sich, schultert seinen Rucksack und schiebt sich an mir vorbei. Zielsicher geht er auf eine der geschlossenen Türen zu, die ich noch nicht erkundet habe.

»Stopp, Moment, was machst du da? Du kannst nicht bleiben.«

Ehe er die Klinke hinunterdrückt, sieht er mich noch einmal an. »Pass auf, ich gehe jetzt da rein und lege meine Sachen ab. Es sei denn, du willst das Zimmer, dann ist das auch okay. Und mach dir keinen Stress. Ich bin eh gleich weg, weil ich noch was vorhabe. Dann kannst du überlegen, was du machst. Das klärt sich schon. Entspann dich mal.«

Ich will etwas sagen, zucke aber zusammen, als ich merke, dass irgendetwas an meiner Hose krabbert. »Ah!«, rufe ich. Es ist Nessi. »Was machst du da? Ich bin nichts zu essen.«

»Nessi ist ganz lieb. Mach dich nicht verrückt. Wenn sie nervt, schick sie raus«, sagt der Kerl und betritt das Zimmer. Hat er mich gemeint oder das Schaf?

Ich kollabiere gleich. »Wie kann man nur so entspannt sein. Das hier ist doch schrecklich!«

Er schaut mich über die Schulter ernst an. »Weil im Leben immer alles anders kommt, als man denkt. Und manchmal ist das nicht so schlimm. Du solltest es locker nehmen und nicht so verbissen. Wie gesagt, es wird schon alles gut.«

Ehrlich? Ist das sein Ernst? Er weiß nicht, wovon er redet.

»Ach, und noch was: Du musst noch mal ganz stark sein.«

Abwartend sehe ich ihn an. Mein Herz klopft. Was kommt denn jetzt? Kann es noch schlimmer werden? Eigentlich nicht.

Doch dann grinst er und sagt: »Ich bin übrigens Jamie.«

Ich atme tief durch. »Bitte was?«

»Jamie. Ich heiße Jamie.«

»Niemals!«, rufe ich und werfe die Hände in die Luft.

»Doch.«

»Wirklich? Jamie – so wie *der* Jamie aus der Serie *Outlander*?«

»Ja.«

»Das ist doch verrückt, so verrückt. Kann das sein? Du heißt Jamie? Ich muss mich setzen, ich muss ...«

Belustigung blitzt in seinen Augen auf.

»Okay«, murmle ich und lasse mich auf die Couch fallen. »Und nur zu deiner Information: Ich weiß sehr wohl, dass im Leben oft alles anders kommt, aber das hier geht nicht. Auch wenn du Jamie heißt. Und ich möchte jetzt meine Ruhe haben. Ja, meine Ruhe! Kannst du bitte gehen?«

»Jetzt sei doch mal nicht so unentspannt.«

»Ich bin nicht unentspannt. Bitte geh jetzt.«

»Bin schon weg.« Mit diesen Worten fällt die Tür mit einem leichten Knall ins Schloss. Endlich ist er weg. Wenn auch nur in *seinem* Zimmer.

Ich lehne mich zurück und schließe die Augen. In diesem Moment macht es *platsch*. Was war das? Als mir ein merkwürdiger Geruch in die Nase steigt, öffne ich ein Lid. »Oh nein! Nessi, das ist echt beschissen!«, rufe ich und betrachte fassungslos die schwarzen Kügelchen auf dem Boden.

Ja, es ist beschissen – wortwörtlich.

Manchmal führt
ein falscher Klick
zum richtigen Ort.

Wäre doch gelacht

Ich beseitige Nessis Hinterlassenschaften und unterdrücke ein Würgen. Es ist eklig, wirklich. Und es stinkt! »Das machst du nicht mehr, du böses Schaf. Geh gefälligst raus, wenn du musst.« Ich halte die Tür auf. Nessi macht »Mäh!« und tippelt langsam aus dem Haus. Immerhin hört das Schaf doch ab und an auf mich. Oder hat es Hunger auf frisches Gras? Jedenfalls fängt es sofort an zu fressen.

Seufzend schnappe ich mir mein Handy, um Heike anzurufen und mit ihr über die Katastrophe hier zu reden. Im Gegensatz zu Ellen McCanzy, bei der weiterhin nur die Mailbox anspringt, erreiche ich Heike glücklicherweise. Weil ich nicht will, dass Jamie mich reden hört, gehe ich nach draußen. Im Garten stehen nicht nur ein Schuppen und einige Bäume, sondern auch eine Bank, auf die ich mich setze.

»Hey, mein Herz. Bist du gut angekommen?«, will Heike wissen, doch ihre nette Stimme mildert nicht meine Wut.

»Ja, das bin ich. Oder sagen wir es so: Ich lebe noch.« Ich klinge so wütend, wie ich mich fühle.

»Was hast du dir nur dabei gedacht? Das ist also deine Interpretation von *hammermäßig*? Das hier ist die totale Einöde. Und das Schaf, das dazugehört, hat eben ins Wohnzimmer gemacht. Aber das ist nicht das Schlimmste. Jetzt wohnt auch noch dieser Kerl mit mir im Cottage.«

»Was? Stopp, stopp, stopp. Ein Kerl?«

»Ja! Er hat schon neben mir im Flugzeug gesessen. Und nun hat sich herausgestellt, dass wir dasselbe Cottage gebucht haben.«

»Okay, das ist heftig. Da muss auf alle Fälle ein Fehler passiert sein.«

»Das ist mir auch klar. Und dieses Cottage – wo ist das bitte hammermäßig?«

»Ach komm, ist es wirklich so schlimm?« Sie wirkt geknickt. »Ich dachte, es gefällt dir. Es ist romantisch, klein und urig. Etwas außerhalb, ja, aber man sollte hin und wieder etwas Neues ausprobieren. Perfekt zum Abschalten. Und dass dort ein Schaf ist, ist doch süß. Zeig es mir doch mal.«

Ich stelle auf Lautsprecher und schicke ihr ein Bild. »*Ruhe?* Ich habe keine Ruhe. Ich habe jemanden an der Backe, auf den ich keine Lust habe, und ein Schaf noch dazu. Du wusstest also davon?«

»Na ja, also … vielleicht. Oh, ist das süß.«

Ganz toll!

In diesem Moment tritt Jamie aus dem Cottage und grinst. Er hat sich umgezogen und trägt nun einen Schottenrock. Okay, warum denn das? Ich mustere ihn möglichst unauffällig. Der Rock ist knielang und aus tartanfarbenem Stoff. Darauf sind glänzende Metallschnallen angebracht, die ihn sichern. Wow, der Kerl sieht schon ziemlich sexy damit aus.

Ups, habe ich das gerade gedacht?

»Bin dann mal weg. Bis später, Schatz.« Jamie zwinkert mir zu.

Ich mustere ihn eventuell einen Moment zu lange, bevor mir klar wird, was er gerade gesagt hat. »Ich bin nicht dein Schatz! Und ...« Wieder fällt mein Blick auf ihn. Ob er etwas unter dem Rock trägt?

»Ach herrje. Ernsthaft? Ich weiß, was du denkst.« Er schwingt den Rock hin und her.

»Das weißt du sicher nicht.«

»Doch, doch, du stellst dir jetzt auch diese eine Frage.«

Ich spüre, wie meine Wangen heiß werden. »Von wegen. Es interessiert mich nicht, ob du was drunter hast oder nicht.«

»Ha! Wusste ich es doch. Aber das wirst du wohl nie herausfinden.« Ohne ein weiteres Wort geht er hinter das Haus, kommt dann mit einem Fahrrad zurück, winkt und fährt davon.

»Ist er jetzt weg?«, will Heike wissen.

Vor Schreck fällt mir beinahe das Handy aus der Hand. »Ja, zum Glück.«

Sie kichert. »Er hat dich *Schatz* genannt?«

»Er ist ein ganz lustiger Kerl. Wie er da in seinem Schottenrock gestanden hat, warum auch immer ...«

»Wirklich? Und meinst du, er hat ...?«

»Ist mir egal, ob er was drunter trägt oder nicht, ich bin sauer und genervt. Ich will endlich das Problem mit der Vermieterin klären. Ihn scheint das Ganze nicht zu stören, aber mich.«

»Oh! Sexy ist so ein Rock schon. Gib es ruhig zu, du hast dir die Frage auch gestellt.«

»Darüber mache ich mir gerade echt keine Gedanken.« Was eine Lüge ist, denn ich würde Heike gegenüber nie zugeben, dass Jamie sehr heiß in diesem Schottenrock aussieht.

»Tut mir echt leid, aber irgendwie ist es auch witzig, oder?«

»Hörst du mich etwa lachen?«, frage ich.

Heike seufzt. »Ach komm, Amelie. Er scheint doch unkompliziert zu sein. Und das Schaf? Es ist niedlich. Auf dem Bild, das du mir geschickt hast, sieht es echt zuckerwattensüß aus.«

Ich sehe zu Nessi, die sich auf die Wiese gelegt hat. Oh Mann. »Zuckerwattensüß?«

»Ja, stimmt doch, sei ehrlich.«

»Na gut, schon. Irgendwie. Aber es ist eben ein Schaf. Es muffelt und kackt. Und ich ...«

»Amelie«, unterbricht Heike mich in einem strengen Tonfall. »Hör doch mal auf und freu dich. Das ist alles superspannend. Und es ist halb so wild, du wirst schon sehen. Die Sache mit der Doppelbuchung wird sich schnell aufklären, und dann kannst du sicher umziehen. Bitte sei mir nicht böse. Ich habe es wirklich gut gemeint.«

»Ich weiß, dass du es nicht böse gemeint hast. Aber was soll ich jetzt tun?«

»Na ja, bis du mit der Vermieterin gesprochen hast, machst du einfach das Beste daraus. Die Frage ist doch: Was war der ursprüngliche Plan? Wir wollten tolle Momente erleben, Schottland erkunden, zum Steinkreis, die Menschen kennenlernen. Abschalten, mal keinen Plan haben.«

»Das war immer dein Gedanke, aber ich möchte schon einen Plan haben.«

»Den braucht man doch nicht immer. Schau, es ist alles ungeplant, was gerade passiert.«

»Ja, und es klappt super«, murmle ich wenig begeistert.

»Ernsthaft? Du lebst mit einem heißen Kerl zusammen, der einen Schottenrock trägt, und heulst rum?«

»Dass er heiß ist, hast du gesagt. Apropos – weißt du was? Er hat behauptet, dass er Jamie heißt.«

Stille am anderen Ende der Leitung, dann beginnt Heike zu lachen. »Was? Er heißt Jamie?«

»Nicht lustig!«, entgegne ich.

»Irgendwie schon. Und wehe, du jammerst weiter herum. Das klingt doch alles richtig gut.«

»Jamie meinte, die Vermieterin sei am Abend oft im Pub. Vielleicht sollte ich schauen, ob ich sie dort antreffe? Wenn ich Glück habe, erwische ich sie, und dann klappt es hoffentlich mit dem Cottagewechsel«, sage ich, ohne weiter auf ihre Anspielung einzugehen. Ich will eben weg von hier, was nichts mit Herumheulen zu tun hat.

Heike seufzt. »Ich merke schon, ich kann dich nicht dazu bringen, mal kurz runterzukommen. Na dann, versuche es und sag mir Bescheid, wie es gelaufen ist.«

Erst einmal ist alles gesagt, und ich beende das Gespräch. Zumindest habe ich jetzt einen Plan. Ich muss nur diese Ellen finden, es sei denn, ich erreiche sie endlich telefonisch. Ich wähle ihre Nummer erneut, doch wieder geht nur die Mailbox ran.

Egal. Hier herumsitzen kann ich jedenfalls nicht, also werde ich es selbst in die Hand nehmen. Wäre doch gelacht, wenn ich das nicht hinbekomme. Auf in den Pub.

Diese Schottenröcke

Nachdem ich mir Ellens Plan noch einmal angesehen habe, um mich zu orientieren, und mich von Nessi verabschiedet habe, mache ich mich mit dem Fahrrad auf den Weg nach *Caledoncroft*. Der Weg dorthin ist nicht weit, und ich folge einfach der Straße.

Als ich ankomme, stelle ich erleichtert fest, dass bei all dem Chaos, das gerade bei mir herrscht, zumindest der Ort wirklich hübsch ist. Urig und mit kleinen Häusern, die sich beinahe kuschelnd aneinanderreihen. Und als ich auf dem einladend wirkenden Marktplatz stehe und mich umsehe, atme ich die frische Luft ein, die von Gewürzen durchtränkt ist.

Ich möchte nicht alles schlechtreden. Eigentlich ist es schön hier. Während der Fahrt habe ich mir ein paar Gedanken gemacht und im Kopf eine Art Liste erstellt. Man sollte schließlich die positiven und die negativen Aspekte abwägen.

Positiv: Ich habe ein Bett und ein paar Schränke. Das Badezimmer ist auch ganz okay.

Negativ: Es ist irgendwo im Nirgendwo. Ich habe ein Schaf und einen Mitbewohner, auf den ich keine Lust habe.

Positiv: Das Dorf hat einen gewissen Charme. Zudem sollte ich lernen, etwas lockerer zu werden.

Negativ: Es ist irgendwo im Nirgendwo. Ich habe ein Schaf und einen Mitbewohner, auf den ich keine Lust habe.

Ja, dieser Punkt ist doppelt, aber er ist eben auch ausschlaggebend.

Ich würde sagen, trotz der positiven Aspekte überwiegen die negativen Punkte – egal, wie ich es drehe und wende. Dieser Jamie! Unfassbar, dass er es nicht mal in Erwägung gezogen hat, woanders unterzukommen.

Kurz ärgere ich mich, dann steige ich vom Fahrrad ab und sehe mich suchend um. Wo ist der Pub? Ich muss Ellen finden. Wäre doch gelacht, wenn ich das nicht schaffe. Denn genau deswegen bin ich hier – nicht, um dem Charme dieses Dorfes zu verfallen.

Während ich mich umblicke, entdecke ich die Frau, die mir schon mit dem Schlüssel geholfen hat. Erneut begrüßt sie mich freundlich. »Na, so sieht man sich wieder. Schaust du dich hier um?«

»Kann man so sagen. Ich bin auf der Suche nach einem Pub.«

»Du meinst sicher den *Bloodhound*? Muss so sein, es gibt nur diesen einen.« Sie lacht und deutet geradeaus. »Nur die Straße entlang, dann links, und schon bist du da.«

Das klingt einfach. Ich lächle sie an. »Super, danke.«

»Gern. Viel Spaß.« Sie geht weiter, und ich mache mich ebenfalls auf den Weg.

Ich schiebe das Fahrrad die Straße entlang, biege dann, wie von der Frau beschrieben, nach links ab und erreiche schließlich ein Haus, das eindeutig wie ein Pub aussieht. An einem verschnörkelten Holzschild steht der Name *Bloodhound*, und Musik dringt nach draußen. Scheint schon etwas los zu sein. Ich mustere das Gebäude kurz, dann stelle ich das Fahrrad davor ab und atme tief durch. Auf geht's.

Als ich eintrete, bestätigt sich meine Vermutung. Es sind kaum noch Tische frei, und der schwere Geruch von Torfrauch und Whisky hängt in der warmen Luft. Die Atmosphäre ist lebhaft und voller Energie, während die Klänge traditioneller Dudelsackmusik durch den Gastraum schweben. Die Wände sind mit Stoffen in Tartanmustern geschmückt, und über der Bar stehen Dutzende von Whiskyflaschen, die in allen erdenklichen Farbtönen schimmern.

Während ich alles betrachte, merke ich, wie sich alle Augen auf mich richten. Klar, sicher kennt man sich hier. Ich winke in die Runde, doch niemand reagiert darauf. Oh Mann.

Nur der Barkeeper, ein älterer Schotte mit einem dichten grauen Bart, begrüßt mich mit einem freundlichen Nicken.

»Hallo«, sage ich etwas schüchtern und schiebe mich zu ihm durch.

»Hallo, du bist die Laddie, die das Cottage gemietet hat, richtig? Hab's schon gehört.«

Okay, das hat sich wohl herumgesprochen. Die Welt ist eben ein Dorf. »Ähm, ja.« Ich stütze mich an der Theke ab.

»Was darf es sein?«

Ich räuspere mich. »Ich suche eine …« *Ellen McCanzy*, will ich sagen, als neben mir Jamie auftaucht. Ein Ruck geht durch meine Brust. Himmel! Taucht er denn überall auf? Seine grünen Augen blicken mich intensiv an, und er grinst mal wieder.

»Hey, Mitbewohnerin«, sagt er. »Du bist also auf der Suche nach Ellen? Genau so habe ich dich eingeschätzt. Nicht entspannen, sondern erst mal das volle Stressprogramm und alle Hebel in Bewegung setzen.«

Ich stemme die Hände in die Hüften. »Tja, einer muss ja was unternehmen. Schließlich will ich meinen Urlaub nicht mit dir unter einem Dach verbringen.« Dieser Kerl! Im Flugzeug habe ich ihn noch nett gefunden. »Was machst du überhaupt hier?«

Er legt den Kopf schief. »Was wohl? Dreimal darfst du raten.«

»Was trinken und essen?«

»Richtig. Hundert Punkte. Und außerdem habe ich gehofft, Ellen zu finden.«

Jetzt bin ich erleichtert. Er hat auch keine Lust auf unsere Wohngemeinschaft. »Ha! Du willst auch nicht mit mir unter einem Dach wohnen. Habe ich dich erwischt.«

»Du bist echt verrückt. Nur leider haben wir kein Glück. Ellen ist nicht da.«

»Oh! Woher weißt du das?«

»Ellen McCanzy? Die ist heute unterwegs«, mischt sich der Wirt ein.

Ich seufze. »Okay, Mist.«

Jamie lacht. »Ach, komm schon. Klar, es ist nicht das, was man sich vorstellt, wenn man in den Urlaub fährt, aber so schlimm ist es auch wieder nicht. Und ja, ich hatte andere Erwartungen, doch jetzt ist es eben so. Wie wäre es mit einem Drink? Einen Schluck vom besten schottischen Single Malt? Oder vielleicht lieber ein frisch gezapftes Bier?«

Er hat recht. Wenn ich schon hier bin ...

»Na schön, ich nehme ein Bier.«

Jamie wendet sich an den Barkeeper. »Zwei Bier.«

Der Wirt greift nach den Gläsern, befüllt sie und stellt schließlich die Getränke vor uns ab.

Wir heben unsere Gläser hoch. »Auf unsere Wohngemeinschaft.«

Ich schüttle den Kopf. »Nein. Darauf trinke ich nicht.«

Jamie lacht. »Na gut, dann auf Schottland und einen super Urlaub?«

»Auf Schottland und darauf, dass es besser wird, als es momentan ist.«

»Na gut«, sagt er, und schon stoßen wir an.

Als ich das Glas zum Mund führe und einen Schluck probiere, bin ich angenehm überrascht.

»Nicht schlecht, oder?«, fragt Jamie.

»Es ist richtig gut.«

»Ist auch schottisches Bier. Und wenn dir das schmeckt, solltest du so schnell wie möglich den Whisky probieren.«

Ich lasse meinen Blick schweifen und nehme die Atmosphäre des Pubs in mich auf. Das Innere ist wirklich gemütlich und rustikal. Überall hängen Bilder von schottischen Landschaften, von Männern in Schottenröcken und historischen Ereignissen. Die vielen Gäste sind bunt gemischt und tragen Tracht.

»Kaum zu glauben, dass in diesem Dorf so viele Menschen leben«, sage ich an Jamie gewandt, der daraufhin lacht.

»Ja, stell dir vor. Doch gar nicht so verlassen, hm?«

»Und heute ist hier schottische Nacht, oder wie?«, frage ich und deute auf seinen Schottenrock.

»Ist hier jeden Abend. Warum fragst du? Wegen der Tracht?«

»Genau.«

»Wir sind sehr traditionsbewusst. Und wenn ich schon hier bin, möchte ich auch meine Zugehörigkeit zeigen. Gefällt er dir?« Jamie grinst mich verschmitzt an.

»Dazu sage ich nichts.«

Erneut sehe ich mich um. In einer Ecke sitzt eine Gruppe älterer Männer, die sich mit ihren Whiskygläsern in den Händen angeregt unterhalten. Sie scheinen alteingesessene Stammgäste zu sein und tragen ebenfalls Schottenröcke. An einem Zweiertisch in der Nähe der Theke sitzt ein junges Pärchen,

das miteinander redet und sich dabei verliebt in die Augen schaut.
Mein Blick landet erneut bei Jamie, der mich ebenfalls ansieht. »Was?«
Er nippt an seinem Glas. »Du hast die beiden ziemlich verträumt angesehen.«
»Nein, sicher nicht.«
»Doch, hast du.«
Ich seufze resigniert. »Und wenn? Ist doch schön, wenn sich zwei Menschen gefunden haben, die sich lieben. Liebe will schließlich jeder, oder nicht?«
»Klar ist das schön.«
Ich nehme einen weiteren Schluck Bier. Es schmeckt süffig, und in meinem Bauch wird es angenehm warm.
»Bist du auf der Suche danach?«, fragt Jamie, und ich schüttele nur den Kopf. »Du bist also nicht auf der Suche nach der Liebe? Nach *deinem* Jamie? Soll ich noch mal auf die Sache im Flugzeug anspielen?«
»Ich habe mit keiner Silbe erwähnt, dass ich auf der Suche nach der Liebe bin.«
»Stimmt, nur nach einem Jamie.«
»Das findest du lustig, oder? Woher sollte ich wissen, dass du so heißt, hm? Und nein, ich bin es nicht. Nur weil ich sage, jeder möchte Liebe, heißt es nicht, dass ich auf der Suche danach bin. Ich bin davon überzeugt, dass man das genauso planen kann wie alles andere.«
»Ist das dein Ernst?«
»Ja, man muss nur wissen, was man will. Ich will einen …«

»Einen heißen Schotten?«, fällt er mir ins Wort.
»Nein, ich will einen tollen Mann, einen *sehr* tollen Mann. Einen, der mich versteht und nicht fies ist. Der sich nicht ungeplant bei mir einnistet. Also, falls du deswegen diese Anspielungen machst: Ich will sicher nichts von dir.«

Er lacht auf. »Was? Ich habe mich nicht bei dir eingenistet. Ich habe das Cottage genauso gebucht wie du. Und mal unter uns: Ich will auch nichts von dir. Du bist mir echt zu stressig.«

Hat er das wirklich gesagt? Ich verschränke die Arme vor der Brust. »Das war gemein. Ich bin nicht stressig.«

Er zuckt mit den Schultern. »Ein wenig schon.«

»Und du bist einfach nur bescheuert.« Ich trinke das Glas in einem Zug leer. »Stressig? Ganz ehrlich? Du kennst mich nicht und weißt nichts über mich.«

Er grinst leicht. »Nun, ich würde sagen, ein bisschen was weiß ich schon. Du hast es mir im Flugzeug auf die Nase gebunden.«

»Das ist ja wohl ... Noch mal zum Mitschreiben: Ich war in einer lebensbedrohlichen Situation.«

»Noch ein Bier?«, fragt Jamie und deutet auf mein leeres Glas.

Eigentlich sollte ich Nein sagen. Warum gebe ich mich mit ihm ab?

»Ach, komm schon«, fügt er hinzu. »Das sollten wir jetzt schon ausdiskutieren. Oder hast du was anderes vor? Wäre schade, wenn du Ellen verpasst, falls sie doch unerwartet kommt.«

»Na schön, aber nur eines. Und dann hörst du mir mal genau zu ...« Keine Ahnung, was da gerade passiert. Mit einem Mal sprudelt es aus mir heraus: »Ja, ich wiederhole mich, doch ich bin nicht *unentspannt*. Das mit meiner Panik im Flugzeug hatte gute Gründe. Der Tag war aufregend, immerhin hatte ich nicht geplant, alleine hier zu landen. Dann war da dieser wirklich miese Sicherheitsbeamte ...« Ich halte inne, weil Jamie bisher nichts zu meinem kleinen Gefühlsausbruch gesagt hat.

»Puh, du bist superlocker. Ich habe es verstanden.« Er grinst frech.

Der Kerl nervt mich! »Ja, das solltest du auch, weil ich es bin. Ich bin nicht nur verkrampft, ich bin durchaus locker. Immerhin bin ich überhaupt hier. Sicherlich hätten viele andere Menschen die Reise storniert.«

Er nickt nachdenklich. »Vermutlich, aber das hätte dann auch nicht in deinen Plan gepasst. Ich meine, richtig locker zu sein und dich mal zu entspannen.«

So ein Unsinn! Oder hat er recht?

Auf einmal setzt lauter Gesang ein. Einer aus der Männerrunde steht auf, tanzt und singt, und die Gruppe lacht. Er trägt ebenfalls Tracht und hat einen langen roten Bart.

»Was machen die da?«, murmle ich.

»Das ist das schottische Lebensgefühl. Singen gehört dazu. Und wenn man gute Laune hat, lässt man sie raus.«

»Das ist schon echt beeindruckend. Und dann diese Schottenröcke ...«

»Das sind Kilts.«

»Ja, stimmt.« Ich sehe Jamie an. »Und, tragt ihr nun was drunter oder nicht?« Keine Ahnung, warum mir das herausgerutscht ist, aber immerhin hat er vorhin damit angefangen.

»Das willst du also doch wissen?« Er verzieht seine Lippen, die wirklich sinnlich aussehen.

Was denke ich da? Ich spüre, wie mir die Röte auf die Wangen steigt. »Neugierig bin ich ja schon.«

Abrupt wendet Jamie sich ab und ruft den Männern zu: »Hey, die Lady hier will wissen, ob ihr was unter dem Kilt tragt!« So weit reicht mein Englisch, dass ich seine Worte verstehe.

Schlagartig sind alle Blicke auf mich gerichtet.

Bitte was? Wie kann er es wagen?

Fassungslos starre ich Jamie an. »Bist du verrückt?«

Er lacht und die Männer ebenfalls. »Was? Du bist doch so locker«, zieht er mich auf.

Ich will gerade etwas erwidern, als einer der Männer ruft: »Nun, das muss die Lady schon selbst herausfinden. Soll sie doch unter deinen fassen, Jamie!«

Schallendes Gelächter erfüllt den Pub. Jamie grinst noch immer, und ich würde ihm am liebsten eine Ohrfeige verpassen.

»Das war echt unnötig«, sage ich und kneife die Augen zusammen.

»War doch nur Spaß. Und nötig, damit du nicht alles so ernst nimmst. Aber das ist nur meine Meinung.«

»Weißt du was? Deine Meinung interessiert mich nicht.«

»Ach, komm schon. Bist du jetzt sauer?«

»Ja, das bin ich.«

»Du bist echt zu häufig sauer. Man muss doch auch mal Spaß haben. Das Cottage ist nett – oder besser gesagt hammermäßig. Du hast ein Schaf und einen Schotten, mit dem du in der Bar sitzt und der dir ein wenig von dem Lebensgefühl des Landes zeigt. Und ich bin sogar ein Jamie. Aber du bist nur am Jammern. *Zu grün, zu ländlich, eine Einöde. Bla, bla, bla. Die Reise wollte ich nicht. Wenn es nicht geplant ist, ist es doof ...* Ernsthaft? Man muss sich auch mal auf was Unerwartetes einlassen, sonst erlebt man nichts im Leben. Ungeplant ist meist das Beste. Und mal ehrlich, ich will dich nicht noch mehr enttäuschen, aber was man auf keinen Fall planen kann, ist die Liebe. Denn falls das so ist, warum bist du dann Single?«

»Soll ich dir mal ganz ehrlich was sagen? Ich muss mir das nicht von dir anhören. Vielleicht mal darüber nachgedacht, dass ich meine Gründe habe, warum ich alles so sehe? Danke fürs Bier, aber ich gehe jetzt. Und wehe, du weckst mich auf, wenn du lockerflockig *nach Hause* kommst.«

Den muss ich loswerden

»Dann bin ich eben nicht locker. Mir doch egal.«

Nessi sieht mich mal wieder fragend an. Klar, das Schaf hat keine Ahnung, worüber ich rede und warum ich mich die ganze Zeit aufrege. Ich öffne die Haustür und lasse Nessi herein. Irgendwie bringe ich es nicht übers Herz, sie draußen allein zu lassen. Süß ist sie ja schon.

Im Badezimmer mache ich mir einen Dutt, trage mir Augenpads auf und setze mich anschließend aufs Bett. Ich brauche Ruhe und muss einfach mal runterkommen. Doch so recht gelingt es mir nicht, obwohl ich heute schon viel auf den Beinen war.

»Mäh!«, blökt Nessi.

»Danke. Du denkst also, dass ich nicht langweilig bin? Da finde ich dich gleich sympathisch. Außerdem müssen wir Frauen zusammenhalten.«

Nessi tritt zu mir ans Bett. Sanft streichle ich über ihren Kopf. Irgendwie mag ich sie, aber sie muffelt echt. »Du könntest wirklich mal eine Dusche vertragen.«

»Mäh!«

Ich nehme das als Zustimmung. »Und was mache ich jetzt? Dieser Urlaub ist das reinste Chaos. Die Vermieterin findet man nicht, und dann wohnt dieser Kerl hier bei uns, der meint, alles sei so locker im Leben. Ach, Nessi, es ist furchtbar. Aber weißt du, was ich mir auch gerade denke?«
»Mäh!«
»Ist gut, ich erkläre es dir. Also, ich denke, Jamie hat in einer Sache recht: Ich jammere zu viel. Wenn Claire aus *Outlander*, meiner Lieblingsserie, die ganze Zeit gejammert hätte, als sie durch die Zeit gereist ist, dann hätte es diese schöne Geschichte nicht gegeben. Sie hat gekämpft. Genau. Und das werde ich auch tun. Immerhin bin ich im Urlaub. Ich bin in Schottland. Hier gibt es alte Gebäude und andere Sehenswürdigkeiten. Und ich lasse mich nicht mehr runterziehen. Ich habe keinen Plan? Dann werde ich dafür sorgen, dass ich einen habe. Wäre doch gelacht, wenn ich das nicht hinbekomme.«

Während ich die Worte ausspreche, bin ich mir sicher, dass dies der richtige Weg ist. Einen Plan – genau, den erstelle ich jetzt. Ich stehe auf, ziehe das Notizbuch aus meiner Handtasche, und dann setze ich mich zurück aufs Bett. Bewaffnet mit meinem Handy, einem Stift und dem Notizbuch mache ich mich ans Werk.

Die Zeit vergeht, und ich bin voll in meinem Element. Nessi liegt irgendwann vor der Haustür und malmt zufrieden mit den Zähnen. Vermutlich war es dem Schaf zu langweilig, mir zuzusehen.

Als ich fertig bin, betrachte ich stolz meinen Plan. Alles ist durchdacht, und ich freue mich schon darauf, all die Punkte zu erleben. Das *Inverness Castle* möchte ich besichtigen und eine Stadttour machen. Natürlich den Steinkreis anschauen, durch den Claire aus *Outlander* in die Vergangenheit gereist ist. Und einiges mehr.

Für einen kurzen Moment erscheint mir die Situation gar nicht mehr so tragisch. Ich fotografiere den Plan mit meinem Handy ab, trage alle Termine ein und schalte den Erinnerungswecker an, damit ich die Zeit im Blick habe.

Das werden tolle Tage. Vielleicht treffe ich sogar einen netten Schotten. Und wenn er nicht so nervig wie Jamie ist, wer weiß, was dann noch passiert …

Von wegen man kann die Liebe nicht planen. Man kann durchaus planen, mit wem man sich abgibt. Auf alle Fälle nicht mit so einem gemeinen Kerl wie meinem Mitbewohner.

Apropos – den muss ich noch loswerden. Ganz sicher werde ich nicht mit diesem Stinkstiefel meine Urlaubszeit hier im Cottage verbringen. Eine Woche ist zwar nicht die Welt, allerdings …

Gut, ich könnte auch ausziehen und mir etwas Eigenes suchen. Doch da wir die Unterkunft bereits bezahlt haben, sollte die Vermieterin des Cottage einen Ersatz finden, denn ihr ist der Fehler passiert. Hoffentlich löst sich das Problem morgen in Luft auf.

Noch einmal betrachte ich die Liste. Es ist ein straffer Plan, aber ich bin nicht hier, um nichts zu erleben. Ich lege das Notizbuch zufrieden auf den Nachttisch und schalte das Licht aus.

Ja, morgen wird *mein* Tag. Dann schlafe ich ein.

Ein heftiges Rumpeln gefolgt von einem fiesen Stöhnen und einem Knall reißt mich aus dem Schlaf. Was war das denn? Ich versuche, mich in der Dunkelheit zu orientieren.

»Hallo, ist da jemand?«, rufe ich, und als sich meine Augen an die Lichtverhältnisse gewöhnt haben, entdecke ich Jamie. Na klar. Hatte ich ihn nicht gebeten, mich nicht zu wecken, wenn er heimkommt?

»Sorry«, murmelt er und schaltet das Licht an.

»Spinnst du?« Von der plötzlichen Helligkeit überfordert, blinzle ich ihn an.

»Nicht durchdrehen. Bin nur über das Schaf gestolpert. Wollte dich nicht wecken.«

Super, hat ja toll geklappt.

»Hast du aber!«, motze ich, doch sein freches Grinsen irritiert mich.

»Hübsch.«

»Was?«, fahre ich ihn an, als mir einfällt, dass ich die Augenpads noch im Gesicht habe. »Ach, nerv mich nicht. Mach das Licht aus und sei leise!« Ich kuschle mich unter die Decke. Kurz ist es still, aber das Licht hat Jamie immer noch an. »Hast du es dann mal?«

»Oh, da hast du ganze Arbeit geleistet. Ich sehe, du bist richtig locker.«

»Bin ich auch. Und ich habe dir vorhin schon gesagt, dass mich deine Meinung nicht interessiert.« Ich drehe mich um und erstarre. Jamie hält rotzfrech meine Notizen in der Hand. »Finger weg! Das geht dich nichts an.«

»Ich lege es schon weg, aber der Plan ist echt ordentlich und straff. Das schafft doch kein normaler Mensch.«

Ich zerre ihm das Notizbuch aus der Hand und presse es an meine Brust. »Tja, das wirst du noch sehen. Ich werde das auf alle Fälle schaffen. Ich bin auch kein normaler Mensch. Ich will das Land erkunden, während du ... Keine Ahnung, was du machst. Wahrscheinlich in deinem Schottenrock herumhängen. Mir total egal.«

»Dann gehe ich mal ins Bett. Gute Nacht und einen angenehmen Schönheitsschlaf.«

»Dir ebenso. Schadet auf alle Fälle nicht.«

»Wie charmant. Dabei hast du vorhin gesagt, ich sehe gut aus.«

»Baggerst du mich gerade an? Du und ich? Niemals. Da waren wir uns doch einig.«

»Ja, alles gut.« Er hebt beschwichtigend die Hand und schaltet dann das Licht aus. »Wir sehen uns.«

Ich stöhne und schließe die Augen. »Leider.«

Kurz danach höre ich, wie die Tür von Jamies Zimmer ins Schloss fällt.

Wäre doch gelacht

Als mein Wecker klingelt, taste ich nach dem Handy. Oh Mann, ich bin so müde. Nachdem Jamie ins Cottage gestolpert war, habe ich erst noch ein bisschen gebraucht, um wieder einzuschlafen. Ich stelle das Gebimmel ab und atme tief durch. Strecken, atmen, das wird schon. Dann springe ich aus dem Bett.

Nessi sieht mich an, und ich muss lächeln. »Guten Morgen.«

»Mäh!«

»Na, dann wollen wir mal in den Tag starten. Heute habe ich einiges vor.« Ich bin voller Tatendrang. Aber vorher brauche ich auf alle Fälle Kaffee. Wehe, es gibt hier keinen.

Ich gehe in die Küche. Zum Glück sind die wichtigsten Utensilien vorhanden, also fülle ich das Pulver in die Maschine.

Die Haustür geht auf, und Jamie erscheint. In Boxershorts. »Guten Morgen. Machst du Kaffee? Das ist ja nett«, sagt er grinsend und streicht sich durch sein verwuscheltes Haar.

Ich mustere seinen nackten Oberkörper. Okay, er ist ganz schön trainiert. »Wie bitte?«

»Checkst du mich gerade ab?«

»Was? Sicher nicht. Ich wundere mich nur, dass du schon wach bist.«

Er lehnt sich gegen den Kühlschrank. »Da siehst du mal. Und ohne dich erneut aus dem Schlaf zu reißen. Du schnarchst übrigens.«

»Auf keinen Fall. Das war … Nessi.« Ich deute auf das Schaf.

»Na dann. Ich nehme meinen schwarz.«

Wie? Seinen Kaffee? Denkt er ernsthaft, ich bediene ihn?

Ich hebe eine Augenbraue. »Schön für dich. Ich mache dir keinen Kaffee, der ist für mich.«

Jamie seufzt. »Ach, komm schon. Wenn du eh dabei bist. Bitte.«

Ich verdrehe die Augen. »Meinetwegen, ausnahmsweise.« Ich sehe Jamie an. »Wo kommst du denn her?«, frage ich und mustere ihn erneut. Ganz schön eng, die Shorts. Und ist das in der Hose …

Nein, ich darf nicht hinsehen!

»Ich war nur kurz draußen, um den Morgen zu begrüßen.«

»Halb nackt, oder wie?«

»Die frische Luft auf der Haut tut gut. Also warum nicht?« Er zwinkert mir zu.

Die Maschine röchelt, der Kaffee ist fertig. Wo sind die Tassen?

»Ganz oben im Hängeschrank«, sagt Jamie, als hätte er meine Gedanken gelesen.

Ich öffne den Schrank und nehme zwei Tassen heraus. »Du kennst dich ja gut aus.«
»Jap. Hab dir doch gesagt, dass ich öfter hier bin.«
Stimmt, das hat er. Ich gieße den Kaffee ein und reiche Jamie seine Tasse.
»Danke, wirklich nett von dir.«
»Ja, so bin ich eben.«
Er nimmt einen Schluck und seufzt. »Perfekt, so geht der Tag gut los.«
Ich nippe an meiner Tasse und nicke. »Ich dusche anschließend. Also falls du vorhast, ins Bad zu gehen, muss ich dich enttäuschen. Ich muss gleich los und habe genau fünfzehn Minuten eingeplant.«
»Und keine Minute mehr«, spöttelt er.
»Veräppelst du mich?«
Er schüttelt belustigt den Kopf. »Niemals. Das traue ich mich nicht mehr, sonst wirst du wieder wütend. So wie gestern, als du aus dem Pub abgerauscht bist.«
»Ich bin nicht wütend. Und ich bin auch nicht abgerauscht.« Ich male mit den Fingern Anführungszeichen in die Luft. »Ich bin gegangen, weil du mich genervt hast. Mal ehrlich, warum hätte ich bleiben sollen? Ich muss mich von dir nicht beleidigen lassen.«
»Das war keine Beleidigung, nur eine Feststellung.«
»Dass es besser ist, nichts im Leben zu planen, und mich dafür abzustempeln – das ist keine Feststellung, sondern nur deine Meinung. Und die …«

»Interessiert dich nicht«, unterbricht er mich sichtlich genervt. »Das weiß ich schon. Aber man kann dennoch darüber nachdenken.«

»Kann man. Ich habe jedoch wie gesagt meine Gründe …«

Was tue ich da? Verplempere ich meine Zeit, um mit Jamie zu diskutieren? Sicher nicht!

Ich hebe die Hand. »Egal. Ich muss jetzt duschen, weil ich heute und in den nächsten Tagen Schottland erleben werde. Und sobald ich Ellen erreicht habe, muss ich dich hoffentlich nicht mehr ertragen.«

»Das war eine fiese Spitze. Ich fühle mich schon wie in einer Beziehung.«

»Hahaha! Spricht nicht für dich, nur mal so.«

»Autsch! Und du meinst es wirklich ernst, oder? Alles auf der Liste umzusetzen?«

Mein Wecker klingelt.

»Jawohl. Ich werde heute ein straffes Programm durchziehen. Und das startet jetzt. Ich bin dann mal im Bad«, sage ich, nehme noch einen letzten Schluck aus meiner Tasse und stelle sie ab.

»Oje, da habe ich einen richtigen Kontrollfreak im Haus. Ich dachte, es war Spaß, als du im Flieger meintest, du gibst die Kontrolle nicht gern ab. Aber das hier ist ja die Königsklasse.«

Ich ignoriere seine Worte, gehe zu meinem Koffer, um mir daraus frische Kleidung zu holen, und verschwinde ins Badezimmer. Soll Jamie glauben und denken, was er will. Wäre doch gelacht, wenn ich nicht in kurzer Zeit den Urlaub meines Lebens plane.

Als ich frisch gewaschen zurück ins Wohnzimmer komme, klingelt erneut mein Wecker. Zum Glück ist von Jamie nichts zu sehen. Vermutlich hat er sich wieder in sein Zimmer verzogen oder in den Garten. Oder was auch immer.

»Oh, jetzt aber schnell. Der Bus kommt bald«, sage ich zu mir selbst und nehme meinen geschmiedeten Plan in Form des Notizbuches vom Nachttisch.

Startklar schultere ich meine Handtasche und trete aus dem Cottage. Nessi grast vor dem Haus. Daneben liegt Jamie, noch immer nur mit Boxershorts bekleidet.

»Meditierst du? Oder lässt du die Seele baumeln?«

Jamie dreht sich zu mir um. »Ich entspanne. So viel Zeit muss sein.«

Das macht er doch extra, um mich zu ärgern!

Ich seufze. »Na gut, dann viel Spaß dabei. Ich bin dann mal weg. Und eine Bitte: Versuchst du auch, Ellen zu erreichen? Nichts für ungut, aber wir wissen beide, dass das mit unserer kleinen WG so nicht klappt. Okay?«

»Aye, aye, Sir!«

Idiot.

»Dann viel Spaß bei deinem straffen Programm!«, ruft er mir hinterher.

»Werde ich haben. Dir viel Spaß bei … was auch immer.« Ich gehe zu einem der Fahrräder und fahre los.

Heute wird alles gut werden. Ich habe einen Plan, und den ziehe ich durch. Erbarmungslos. Ich werde das Beste aus dem Urlaub machen, und nichts wird mich davon abhalten. Nicht Jamies Anwesenheit und auch nicht die Tatsache, dass ich mit ihm und Nessi zusammenwohne. Das Schaf ist irgendwie süß, doch mein Mitbewohner ist unerträglich.

Als ich die Bushaltestelle erreiche, klingelt mein Handy. Die Erinnerung zeigt mir, dass alles wie geschmiert läuft. Ich parke mein Fahrrad, schließe es ab und freue mich auf die bevorstehende Besichtigungstour. Gleich kommt der Bus. Ich bin pünktlich, was soll jetzt also noch schiefgehen? Nichts.

Mein Handy klingelt erneut. Es ist Heike.

»Hallo, Amelie. Wie geht es dir heute?«

»Alles super.«

»Das ist gut. Ich hatte echt Angst, anzurufen. Du klingst sogar fröhlich?«

»Das bin ich auch.«

»Das freut mich. Also hast du gestern die Vermieterin gefunden und bist in ein hübsches Stadthotel umgezogen?«

Ich lächle. »Leider nicht. Aber das wird schon. Das klärt sich heute sicher alles auf.«

»So gefällst du mir besser. Wie kommt es, dass du trotzdem entspannt bist?«

»Nun, ich habe beschlossen, das Beste aus allem zu machen. Und ich habe mir einen Plan gemacht. Einen richtig guten. Jetzt fühlt sich alles leichter an.«

»Oh! Ach ja? Hast du das?«

»Natürlich, gestern Abend noch. Nachdem ich mit Jamie im Pub war und mir anhören durfte, wie langweilig und unentspannt ich sei. Aber soll ich dir was sagen? Der kann mich mal. Nur weil man weiß, was man will, und seine Ziele verfolgt, ist man noch lange nicht langweilig.«

»Und dass Jamie mit dir im Cottage wohnt, ist kein Problem mehr?«

»Doch. Aber wie gesagt, das Problem wird sich heute schon lösen. Bestimmt meldet sich Ellen.«

»Ist es wirklich so schlimm? Wie war denn der erste Morgen in eurer WG?« Sie kichert.

»Nervig. Jamie ist heute Morgen nur in Boxershorts herumgelaufen und wollte auch noch, dass ich ihm Kaffee serviere. Und das, nachdem er gestern Nacht so spät ins Cottage gekommen war und mich geweckt hatte. Nicht nur das, ich …« Ich berichte ohne Punkt und Komma Heike davon, dass ich Jamie gestern Abend im Pub getroffen habe und was er zu mir gesagt hat. Zum Schluss erkläre ich ihr, dass ich danach zurückgefahren bin und den Plan geschmiedet habe. »Ich frage mich echt, was der hier macht. Als ich gegangen bin, hat er nur mit Unterwäsche bekleidet auf der Wiese gelegen und meditiert oder so.«

Heike lacht. »Das war jetzt echt viel. Er scheint ja wirklich ein Kotzbrocken zu sein. Aber er macht vermutlich Urlaub?«

»Vielleicht. Urlaub kann man allerdings auf verschiedene Arten machen. Mir egal. Hauptsache, er versucht auch, Ellen zu erreichen.«

»Und sieht er denn gut aus, so in Boxershorts?«

Ist klar, dass Heike genau das interessiert.

Meine Wangen werden warm. »Nein, ja … Also, ein wenig.«

»So wie *der* Jamie? So, wie man sich einen heißen Schotten vorstellt?«

»Ein klein wenig vielleicht. Ob er jedoch ein richtiger Schotte ist, weiß ich nicht. Er spricht Deutsch, aber auch perfekt Englisch. Keine Ahnung. Er meinte zwar, dass er einer sei, allerdings …«

»Hatte er gestern nicht einen Schottenrock an?«

»Jap. Angeblich, weil er Lust darauf hatte. Wer weiß, am Ende ist es eine Masche? Weißt du, was ich meine?«

»Was du wieder denkst. Und, konntest du in Erfahrung bringen, ob er was drunter trägt?«

»Natürlich nicht.«

»Wie auch immer. Ich bin froh, dass du dich etwas beruhigt hast. Aber übertreib es nicht, ja? Besonders mit deiner Planerei. Ich kenne dich, das nimmt dann gern mal überhand«, ermahnt Heike mich.

»Mache ich doch nicht. Alles ganz entspannt.«

Mit einem Mal wird ihre Stimme ernster. »Amelie, ich weiß, du tust das alles, weil du Angst hast, verletzt zu werden. Aber du kannst das Leben nicht einfach so verplanen. Das geht nicht. Verstehst du?«

Jetzt redet sie schon wie Jamie!

»Jedenfalls wird dadurch alles leichter.« Ich höre mich schlucken. »Mach dir keine Sorgen. Bisher fahre ich damit gut«, sage ich, weil ich weiß, worauf sie anspielt.

Mein Wecker klingelt erneut. Komisch. Ich müsste längst im Bus sitzen. Wo bleibt er nur? Er ist bereits fünf Minuten zu spät. Wenn er nicht gleich kommt, schaffe ich es nicht rechtzeitig zur ersten Station.

»Alles gut?«, fragt Heike.

»Ja, der Wecker hat nur geklingelt. Ich habe mir alles so eingerichtet, damit ich die Zeit im Auge behalte. Theoretisch müsste ich jetzt im Bus sitzen, doch der ist noch nicht da.«

»Er wird schon kommen.«

Die Frage ist nur, wann. Mein Herzschlag beschleunigt sich. Verdammt. Ich will doch nur, dass mein Plan heute perfekt funktioniert.

Ich schaue erneut auf die Uhr und verlagere das Gewicht von einem Fuß auf den anderen. Dann sehe ich endlich den Bus von Weitem herannahen.

»Ah, er kommt«, sage ich euphorisch.

Er fährt an die Haltestelle heran. Der Mann, der hinter dem Steuer sitzt, grinst mich an und wirkt total entspannt. »Ach, da ist ja mal jemand«, sagt er auf Englisch.

»Ja, ich möchte nach Inverness.«

Er räuspert sich. »Da fahre ich hin. Sorry, ich habe ein bisschen länger Pause gemacht. Hier ist sonst niemand. Aber warum soll man es im Leben auch eilig haben, oder? Was wichtig ist, wartet schon.«

Ich lächle, auch wenn ich etwas in Zeitnot geraten bin. Hat er ernsthaft gefragt, warum man es im Leben eilig haben sollte? Also wirklich. Er ist Busfahrer, da kann man doch nicht herumfahren, wie man will.

»Los geht's«, sagt er.

Ich steige in den leeren Bus und setze mich ans Fenster. »Also gut, ich melde mich später, Heike. Ich habe jetzt Termine und muss mal sehen, wie ich das alles hinbekomme.« Ich klemme das Handy zwischen Schulter und Ohr und ziehe meinen Plan aus der Tasche. Zeit für einen erneuten Check.

»Viel Spaß. Und melde dich später.«

Mit diesen Worten beenden wir das Telefonat, und ich stecke das Handy in meine Tasche.

Okay, ich werde etwas später ankommen, doch das ist kein Problem. Wenn ich von der ersten Führung früher gehe – vorausgesetzt, ich komme rechtzeitig an –, schaffe ich es zur Stadtführung. Dann habe ich die verlorene Zeit wieder aufgeholt.

So mache ich es.

Ich packe die Liste ein und lasse den Blick schweifen. Die Landschaft zieht an mir vorbei. Idyllisch ist es ja schon. Vor allem die weitläufigen Grünflächen mit den bunten Wildblumen, Wiesen, Feldern, Bäumen und Schafen. Die weißen Wollknäuel grasen und liegen faul in der Sonne. Sofort denke ich an Nessi und lächle, obwohl ich das Schaf erst ein paar Stunden kenne. Trotzdem war es ein lustiges Bild, als es sich ins Cottage gelegt hat. Ich schüttle leicht den Kopf, mache es mir bequem und versuche, etwas abzuschalten.

Mein Wecker klingelt, aber wir sind noch nicht da. Gut, das war zu erwarten, doch ich bin froh, dass der Bus wenigstens das Ortsschild von Inverness passiert hat. Mit fünf Minuten Verspätung hält er schließlich an.

Nachdem ich ausgestiegen bin, sehe ich mich um. Die hübschen Häuser, der Fluss Ness, das Schloss – einiges wartet auf mich. Und allein hier zu stehen, wirkt entspannend auf mich.

So, jetzt aber los! Um mir alles anzusehen, habe ich keine Zeit, denn ich muss erst einmal zum Treffpunkt, um das *Inverness Castle* zu besichtigen.

Doch als ich ankomme, ist die Gruppe schon weg.

»Gehen Sie einfach den Weg entlang. Vielleicht holen Sie sie noch ein«, sagt die Frau am Infopoint zu mir, und dann renne ich los.

Oft sind die Dinge ganz klar,
man ist nur selbst verkopft.
Und dann muss man loslassen,
einfach loslassen.

ganz einfach loslassen?

Alles war perfekt geplant, alles hätte so gut klappen können. Hätte. Denn das hat es nicht. Als ich nach der Ankunft an der Haltestelle das Schloss erreichte, war die Führung bereits in vollem Gange. Aber mir blieb nur eine halbe Stunde Zeit, bis mein Wecker wieder klingelte und ich zur nächsten Station hetzte.

Wenn ich ehrlich bin, war ich auch ein bisschen enttäuscht vom Schloss und dem, was ich gesehen habe. Wobei ich kaum Zeit hatte, alles auf mich wirken zu lassen. Dann musste ich schon zum nächsten Treffpunkt eilen. Und dann wieder zum nächsten, was dazu führte, dass ich einfach nur noch frustriert bin.

»So ein Mist«, murmle ich, während ich auf einer Bank sitze und über den Fluss Ness blicke, dessen Wasser im Sonnenlicht glitzert. Irgendwie war mir auf einmal alles etwas viel. Meine Füße tun weh, und ich bin genervt. So habe ich mir den Tag nicht vorgestellt. Ich wollte mich mit dem Plan motivieren, doch der Gefühlsaufschwung, den ich hatte, ist jetzt spürbar im Keller. Als hätte ich einen riesigen Kloß der Enttäuschung im Hals.

Mein Handy klingelt, und ich seufze genervt. Ist das schon wieder der Wecker? Ich kann ihn nicht mehr hören und bin kurz davor, das Handy in den Fluss zu werfen. Doch dann sehe ich die ausländische Nummer auf dem Display und verspüre Hoffnung.

»Amelie Liebich«, sage ich, als ich rangehe.

»Hello, it's Ellen McCanzy.« Ihre Stimme ist deutlich freundlicher als meine.

Sofort macht mein Herz einen Satz. »Ellen! Wie schön. Ähm …« Ich beschließe, auf Englisch mein Problem zu schildern. »I tried to …« *Ich habe versucht, dich zu erreichen*, will ich sagen, als sie lacht. Und ich verstumme.

»Du wolltest mich erreichen?«, fragt sie auf Deutsch. »Jetzt hast du mich ja erreicht. Hab die Nummer gesehen und schon mitbekommen, dass du gestern im Pub warst und mich gesucht hast.«

»So ist es. Sie … du sprichst ja perfektes Deutsch.«

»Wir haben deutsche Wurzeln, und immer, wenn ich deutsch reden kann, freue ich mich. Also, es geht um das Cottage?«

»Ja, genau. Da muss ein Fehler passiert sein. Ein Jamie, der mit mir im Cottage ist, behauptet, ebenfalls gebucht zu haben. Dabei hat meine Freundin Heike für uns beide gebucht. Jetzt wohne ich mit ihm dort und …«, sprudelt es aus mir heraus.

»I know, I know«, sagt sie in einem gedankenversunkenen Ton. Es klackt im Hintergrund. »Es ist so:

Ich habe das gecheckt. My dear, da ist tatsächlich etwas schiefgegangen. Nun, ist es sehr schlimm? Jamie ist doch ein netter junger Mann.«

Von wegen!

»Ja, sicher ist er das«, entgegne ich. »Dennoch würde ich gern das Cottage wechseln. Meine Freundin hatte für uns gebucht, und jetzt ist noch jemand Fremdes da. Zudem ist es mir zu weit weg von Inverness. Und es ist klein und ...«

»Oh! Gefällt es dir also nicht?«

Mist, was soll ich jetzt sagen? »Na ja, es ist schon sehr ländlich und das Schaf ...«

»Nessi? Geht es ihr gut?«

»Ja, alles bestens. Aber kann man da wirklich nichts machen? Auch wegen der Fehlbuchung und allem.«

Am anderen Ende der Leitung ist es kurz still, dann folgt ein trauriges Seufzen. »Ich verstehe dich, Liebes. Ich werde sehen, was ich tun kann. Es tut mir leid.«

Zum Glück. Wenigstens eine gute Nachricht. Trotzdem fühle ich mich nicht besser. Nur warum? Eigentlich habe ich die Nacht gut geschlafen, und Nessi ist schon süß. Aber ich kann nicht mit Jamie zusammenwohnen. Auf gar keinen Fall.

Ich beende das Telefonat und blicke über den Ness, dessen Wasser sanft plätschert. Einige Leute spazieren am Ufer entlang und lachen, ein Paar hält Händchen. Sofort denke ich an das Gespräch, das ich mit Jamie geführt habe. Liebe finden – wer will das nicht? Wenn ich verliebte Menschen sehe, macht das schon etwas mit mir. Doch ich weiß auch, dass die Liebe wehtun kann, und darauf habe ich keine Lust mehr. Sie zu planen ist vielleicht verrückt, aber eine Möglichkeit. Dass Jamie das nicht versteht, ist ja klar. Dieser …

Warum denke ich überhaupt an ihn?

Ich schüttle den Kopf, als könnte ich dadurch die Gedanken an ihn vertreiben, und lausche dem Zwitschern der Vögel um mich herum.

Hach ja. Was jetzt? Mit meinem perfekten Plan hat es nicht so geklappt, das gebe ich schon zu. Aber ist es nur das, was mich gerade so unglücklich macht? Ich schließe die Augen und atme einen Moment lang tief durch. Irgendwie hatte Jamie auch recht. Ich bin hier. Hätte ich nicht hier sein wollen, wäre ich doch nie geflogen, oder? Ja, irgendetwas hat mich weggetrieben.

Als ich die Augen öffne, lasse ich die Schönheit der Stadt, die Architektur der Gebäude, die Details der Brücken und die Blumenbeete mit den summenden Bienen entlang der Gehwege auf mich wirken. Eigentlich ist es schön, wenn man einfach nur dasitzt und nichts tut.

Vielleicht habe ich doch zu viel geplant und sollte erst einmal runterkommen und alles gelassener angehen? Auch die Situation mit Jamie? Nein, so ein Unsinn!

Ich lasse meinen Blick erneut schweifen und entdecke einen Mann am Ufer. Immer wieder hebt er Steine auf und mustert sie genau. Manche steckt er in seine Hosentasche, andere wirft er weg. Ich bin neugierig, stehe von der Bank auf und trete näher an ihn heran.

Als er mich bemerkt, lächelt er. »Dieser hier ist perfekt«, ruft er mir auf Englisch zu und hält triumphierend einen Stein hoch. Aufgrund der Entfernung kann ich ihn allerdings nicht genau erkennen. Aber ich glaube, er ist flach.

Ich verstehe ihn gut und frage: »Wofür?«

»Kommen Sie her, dann können Sie ihn sich genauer ansehen. Und sagen Sie nicht, Sie kennen die alte Tradition nicht.«

Was meint er damit? Zuerst bin ich etwas hin- und hergerissen, doch der Mann wirkt so nett, dass ich schließlich nicke und weiter auf ihn zugehe. Als ich ihn erreiche, hält er mir einen Stein entgegen. Er ist grau, glatt und oval.

Ich bin gespannt, was der Mann mir erzählen möchte. »Sie sagten, es sei eine Tradition? Was hat es damit auf sich?«, frage ich und bin erstaunt, wie leicht es mir auf Englisch über die Lippen gekommen ist.

»Steineschnippen oder Steinehüpfen, meine Liebe, ist seit Jahrhunderten hier verbreitet.«

»Und das ist eine Tradition?«

»Ja. Und beinahe eine Kunst. Der perfekte Stein zum Schnippen sollte flach, glatt und möglichst rund sein. So wie dieser«, erklärt er und streicht über seinen Fund. »Mit solch einer Oberfläche haben sie eine größere Aufprallfläche und können dadurch besser auf dem Wasser springen. Glatte Steine verringern den Widerstand und erhöhen die

Wahrscheinlichkeit, dass der Stein über das Wasser gleitet.«

Ich bin beeindruckt. Natürlich kenne ich Steineschnippen, aber ich wusste nicht, dass es in Schottland eine Tradition ist.

»Wollen Sie es mal probieren?« Er reicht mir den Stein.

Ich nehme ihn in die Hand. »Fühlt sich leicht an und gut«, sage ich und werfe ihn schließlich. Doch leider hüpft er nicht übers Wasser, sondern macht nur *Plopp*. Weg ist er. »Oh!«

Der Mann lacht. »Nicht so schlimm. Übung macht den Meister. Der Stein war gut, aber Sie müssen eins mit ihm werden, denn es bringt Glück.«

»Glück? Wie das?«

»Es gibt verschiedene Theorien und Überlieferungen darüber, warum das Steineschnippen Glück bringen soll. Eine Theorie besagt, dass das Werfen des Steins über das Wasser symbolisch für das Überwinden von Hindernissen oder Problemen im Leben steht. Wenn der Stein erfolgreich über das Wasser springt, kann dies als Zeichen für das Bewältigen von Schwierigkeiten und das Erreichen von Zielen gesehen werden.«

»Das klingt schön. Kompliziert, aber schön.«

»Okay, kurz gesagt: Oft sind die Dinge ganz klar, man ist nur selbst verkopft. Und dann muss man loslassen, einfach loslassen.«

Ich nicke nur. Loslassen – eines meiner Probleme.

»Soll ich es Ihnen mal zeigen?«, fragt er.

»Gern.«

Er bringt sich in Position und wirft geschickt den Stein, der mehrmals über das Wasser hüpft.

»Wow! Das war echt ein toller Wurf.«

»Danke. Es hat ein bisschen gedauert, aber jetzt klappt es sehr gut. Und bei Ihnen wird es mit der Zeit auch funktionieren. Lassen Sie los. Dann hüpfen Sie wie der Stein übers Wasser.«

Ich lächle ihn an. »Danke für die lieben Worte.«

»Nichts zu danken. Sie haben auf mich gewirkt, als könnten Sie etwas Aufmunterung brauchen. Und ein bisschen Gelassenheit.«

»War das so offensichtlich?«

»Ein wenig. Woran liegt es denn, wenn ich fragen darf? Sie sind doch sicher hier, um Urlaub zu machen?«

»Ja, aber gerade geht alles schief. Eigentlich hatte ich mich schon auf die Reise gefreut, doch meine Freundin konnte nicht mitkommen. Außerdem ist das Cottage nicht so, wie ich es mir gewünscht habe. Dann wohnt noch jemand Fremdes darin. Es gab wohl eine Doppelbuchung. Und die Touren, die ich für heute geplant hatte, waren auch nicht so, wie ich sie mir vorgestellt habe.«

»Wissen Sie, das Beste an etwas Ungeplantem ist, dass es einen auf den richtigen Weg bringt. Das erkennt man allerdings meistens erst später. Aber der erste Schritt ist getan, Sie sind hier. Und ich bin mir sicher, wenn Sie sich öffnen, werden Sie sehen, wie schön es hier ist und was man alles erleben kann. Ganz ohne Plan. Ich habe so das Gefühl, Sie sind bereits in einer spannenden Geschichte.« Er reicht mir einen weiteren Stein. »Den schenke ich Ihnen. Und wenn Sie das Gefühl haben, es ist an der Zeit, versuchen Sie es wieder. Wer weiß, vielleicht geht er dann nicht unter.« Er wendet sich von mir ab, während ich den Stein in meine Hosentasche stecke.

Ja, vielleicht ist das so. Schön wäre es jedenfalls. Und ist es am Ende wirklich so, dass all das hier passieren soll? Dass ich loslassen soll?

Ich lächle. Unsinn! Oder doch nicht?

Nur wegen Nessi

Als ich mit dem Bus an der Haltestelle in der Nähe des Cottage ankomme, atme ich tief durch. Tatsächlich ist es schön, wieder in der Natur zu sein. Ich hole mein Fahrrad, steige auf und mache mich auf den Weg. Als ich das Cottage erreiche und Nessi entdecke, muss ich lächeln. Das Schaf liegt auf der Wiese und genießt scheinbar die Sonne.

Irgendwie wirkt das alles in diesem Moment beruhigend auf mich. Ich gehe zu Nessi, setze mich zu ihr und streichle sie. »Na, wie war dein Tag?«, frage ich. Das Schaf sieht mich an, während ich es kraule.

»Nessi hatte einen super Tag. Sie hat viel gefressen und sich ausgeruht«, antwortet Jamie.

Ich zucke zusammen, weil ich ihn nicht kommen gehört habe. »Mein Gott, hast du mich erschreckt. Warum schleichst du dich so an?« Ich drehe mich zu ihm um.

Er grinst. »Ich habe mich nicht angeschlichen.« In der Hand hält er einen Holzpfahl.

»Was hast du damit vor? Ich … So schlimm bin ich auch nicht.«

Jamie lacht. »Ich repariere nur den Zaun. Mach dir keine Gedanken, Amelie. Und, wie war dein Tag?«

Woher kennt er meinen Namen? Ich habe ihn Jamie gegenüber nie erwähnt.

»Als ob dich das interessiert.« Ich mustere ihn. Wenigstens trägt er eine Hose, doch sein Oberkörper ist weiterhin nackt. »Hast du zu wenig Klamotten für deinen Meditationsurlaub eingepackt, oder warum hast du schon wieder kein Shirt an?«

»Das würde ich so nicht sagen. Aber es ist warm, und ich arbeite. Also warum sollte ich diesen Prachtkörper verstecken?« Er zeigt auf seinen Bauch und grinst.

»*Prachtkörper?* Echt jetzt?«

»Tu nicht so. Ich habe bemerkt, wie du mich angestarrt hast. Aber kein Problem. Genieße den Anblick. Ab heute Abend wirst du ihn nicht mehr zu Gesicht bekommen.«

»Wirklich?«, frage ich scheinheilig.

»Ellen hat sich gemeldet. Sie hat dir eine Unterkunft in Inverness besorgt. Du kannst also das Schaf und mich verlassen und dich ungestört deinem Urlaubsplan widmen.«

Als er die Worte ausspricht, wird meine Kehle eng. Eigentlich sollte ich doch einen Freudentanz vollführen. Warum tue ich es nicht? »Ehrlich? Ich habe vorhin auch mit ihr telefoniert, da meinte sie, sie kümmert sich darum.«

»Eben. Ellen hat alles organisiert und dann mich gebeten, dir zu helfen. Was ich gern tue. Nur packen musst du selbst. Ich rufe dir ein Taxi und trage deinen Koffer. Was immer du willst.«

Nessi sieht mich plötzlich vorwurfsvoll an. Zumindest habe ich das Gefühl, dass es so ist. Ob das Schaf mich in der kurzen Zeit auch etwas ins Herz geschlossen hat? Unsinn. Und doch merke ich, dass es in meiner Brust sticht. Wenn ich so darüber nachdenke, war es schon irgendwie lustig, hier anzukommen und dann Nessi vorzufinden.

»Okay. Wohin muss ich?«

»In ein Hotel im Zentrum. Klein, ohne Balkon, aber dafür haben sie einen Pool. Richtig schön für Touristen, die viel erleben wollen.« Er zwinkert mir zu.

Idiot.

»Na gut.« Ich streichle Nessi noch einmal. Und wieder und wieder.

»Was ist denn jetzt los? Ich dachte, du freust dich?«

»Mache ich doch.« Aber irgendwie auch nicht. Es war schön, mal nicht zu planen. Und alles, was mich sonst glücklich macht – nämlich wieder die Kontrolle zu haben –, hat mich nicht glücklich gemacht.

»Ehrlich? Also, wenn du so aussiehst, wenn du dich freust, möchte ich dich nicht todtraurig erleben. Lief der Tag nicht so wie geplant? Du müsstest doch happy sein.«

Ich funkle Jamie an. »Du bist echt gemein. Weißt du das?«

Er stellt den Holzpfahl ab. »Warum? Ich verstehe das nicht. Die Frage war ernst gemeint.«

»Wenn du es genau wissen willst: nein. Ehrlich gesagt war mein Tag mies. Nichts ist gelaufen, wie ich wollte. Und außerdem bin ich total unbeeindruckt. Ich habe mir Schottland echt schöner vorgestellt. Ich habe mir *alles* anders vorgestellt. Ich ...«
Mit einem Mal kitzeln Tränen in meinen Augen.
»Oh nein. Weinst du etwa?«
»Nein, es regnet in meinem Gesicht! Natürlich weine ich«, sage ich, als ich die Tränen nicht mehr aufhalten kann.
Jamie setzt sich neben mich und lehnt sich zu mir herüber. »Dafür gibt es doch keinen Grund. Glaub mir, hier ist es sehr schön, und es gibt viel zu erleben. Du gehst deinen Plan nur zu verbissen an. Man muss das Land wirken lassen. Einfach mal loslassen.«
Ich denke an den Mann mit dem Stein am Ness. Ist das vielleicht wirklich das Entscheidende?
»Eigentlich könntest du glücklich sein«, fügt Jamie hinzu. »Du wohnst in einem urigen Cottage, es ist mitten in der Natur und etwas Schönes. Aber du siehst es nur negativ.«
»Mmh.« Ich schluchze und wische mir die Tränen von den Wangen.
»Und ohne dir zu nahe treten zu wollen: Was du da aufgeschrieben hast, ist der absolute Wahnsinn. Manchmal muss man sich ungeplant auf etwas einlassen.«
»Ja?«
»Klar. Schottland ist toll, und man kann hier weit mehr erleben als das, was in den Reiseführern steht. Und man sollte sich nicht so unter Druck setzen. Das

ist mir bei dir gleich aufgefallen. Urlaub sollte Erholung sein, kein Wettbewerb. Selbst wenn du nur wenig siehst, dich aber wohlfühlst, ist es doch toll, abzuschalten und einen Tapetenwechsel zu haben. Doch das übersiehst du, weil du meinst, irgendwas planen zu müssen.«

»Kann sein«, murmle ich kleinlaut und mustere Jamie. »Und du kennst dich hier also aus?«

»Ist die Frage ernst gemeint? Natürlich, das solltest du doch bereits wissen.«

»Stimmt, sie war dumm. Aber warum bist du hier? Was machst du hier?«

»Nun, mein Papa ist Schotte und meine Mama Deutsche. Ich bin zum Teil in Deutschland, zum Teil in Schottland aufgewachsen.«

»Und jetzt lebst du in Deutschland?«

»Ja. Ich komme jedoch oft hierher, um meine Familie zu besuchen und zu entspannen. Es ist wichtig, bei all der Arbeit und dem Druck auch mal etwas anderes zu tun.«

»Also machst du auch Urlaub?«

»Unter anderem, ja.«

»Und was machst du in Deutschland?«

»Was ich arbeite? Oder meinst du allgemein?«

»Nein, ich meine schon beruflich.«

»Nun, momentan lasse ich es etwas ruhiger angehen.«

»Okay«, antworte ich, nur werde ich daraus nicht schlau. Wie auch?

Als ob er nicht weiter über das Thema reden wollte, reibt er sich die Hände. »Also, dann pack mal deine Sachen. Schließlich willst du ja von hier weg.«

Ich schlucke, denn so wirklich weiß ich das gerade nicht. Ja, ich wollte es, doch jetzt … »Und was wird mit Nessi?«, frage ich und betrachte das Schaf.

»Ich kümmere mich um sie.«

Ich nicke und streichle ihr weiches Fell. Klar, ich wollte weg, aber irgendwie tut es gut, hier zu sein. Es ist etwas anderes, es beruhigt mich. Und auch wenn ich damit nicht gerechnet habe, fühle ich mich doch wohl.

»Was ist los?«, reißt Jamie mich aus meinen Gedanken. »Findest du es am Ende doch nicht so schlecht hier?«

»Na ja, Heike hat das Cottage eigentlich für mich ausgesucht, damit ich abschalten kann. Sie sagt auch immer, dass ich mal loslassen muss, weil ich zu viel plane und arbeite. Und dass ich unbedingt Urlaub brauche.«

»Dann ist Heike doch gar nicht so übel, hm? Und wenn das so ist, wäre es nicht an der Zeit, es wenigstens mal zu versuchen und das, was passiert, anzunehmen?«

Ich denke erneut an den Mann am Fluss, den ich heute getroffen habe. Auch er meinte, das Schönste sei, etwas Ungeplantes zu tun, weil eigentlich ein Plan dahintersteckt. Der Plan des Lebens. Zumindest interpretiere ich es gerade so und spüre den Stein in meiner Hosentasche deutlich.

»Meinst du damit dich?«, frage ich, um mich zu vergewissern.

Jamie lacht. »Natürlich. Mich, das Schaf und das Cottage. Alles Dinge, mit denen du nicht gerechnet hast. Und, ist es so schlimm? Nein, oder?«

Ich seufze. »Na ja, also ... Ach Mann! Was soll ich denn jetzt machen? Ellen hat das doch alles schon organisiert«, sage ich und spüre endlich, was ich längst will.

»Also, Ellen ist entspannt. Und meinetwegen kannst du hier im Cottage bleiben. Mich stört es nicht.«

Ich nicke entschlossen. »Also gut, ich bleibe. Aber vor allem wegen Nessi. Ich glaube, sie wäre sonst traurig.«

Jamie lacht. »Das kann gut sein. Und wir wollen ja nicht, dass das Schaf traurig ist.«

Zumindest für den Moment

»Das freut mich, Amelie. Dann hatte der Tag doch etwas Gutes«, sagt Heike am Telefon.

»Ja. Nachdem das alles in die Hose gegangen war und Nessi mich so angesehen hatte, dachte ich mir, dass du dir wirklich Mühe gegeben hast.«

»Das ist doch mal ein guter *Nicht*-Plan.« Sie hält kurz inne. »Und dieser Jamie war auch sehr fürsorglich, oder?«

»Ich muss zugeben, ich fand es wirklich nett, dass er mir zugehört hat.«

»Und, weißt du schon mehr über ihn?«

»Ein bisschen. Er ist wirklich Schotte, genauer gesagt zur Hälfte Schotte, zur anderen Hälfte Deutscher. Und seine Familie lebt hier in der Nähe. Aber was genau er macht, hat er mir nicht gesagt. Ich hatte sogar das Gefühl, als wäre ihm das Thema unangenehm.«

»Mmh, spannend. Vielleicht findest du es noch heraus. Ich sage nur *Schottenrock*.«

Ich rolle mit den Augen. »Also bitte. Daran denke ich absolut nicht.«

»Schade.« Sie lacht.

Ich blicke durch das Fenster nach draußen in den Garten. »Jamie repariert den Zaun und werkelt herum.«

Heike seufzt verträumt. »Ich bin schon ein bisschen neidisch. Ein heißer Schotte namens Jamie, der andauernd ohne Kleidung oder im Kilt herumrennt ...«

»Er ist ja nicht komplett nackt. Außerdem hast du Kai.«

»Stimmt. Und ich muss sagen, er kümmert sich echt liebevoll um mich. Mit dem Gips bin ich im Alltag schon recht eingeschränkt.«

»Das freut mich.«

»Später bringt er Sushi mit. Ich denke, ich lasse mich füttern.« In dem Moment, als sie die Worte ausspricht, spüre ich ein Ziehen im Magen.

»Was zu essen wäre auch nicht schlecht. Ich glaube, hier ist nichts im Kühlschrank«, sage ich, stehe von der Couch auf und gehe in die Küche.

Gerade als ich dabei bin, nach etwas Essbarem zu suchen, kommt Jamie ins Haus. Er ist verschwitzt und wirkt durchaus anziehend auf mich. Oh Mann! Ich schaue ihn wieder zu lange an.

»Hunger?«, fragt er, und ich nicke. »Vorschlag: Ich dusche, und dann fahren wir mit dem Rad nach *Caledoncroft*. Heute ist Freitag, da gibt es einen Abendmarkt, und es wird einiges angeboten.«

»Frag ihn, ob er seinen Schottenrock anzieht. Los, frag ihn«, höre ich Heike durch den Lautsprecher.

Hitze schießt mir auf die Wangen. »Sei leise.«

Jamie hebt eine Augenbraue. »Was?«

»Du warst nicht gemeint. Ich telefoniere mit Heike … Ich lege jetzt auf. Also viel Spaß mit dem Sushi.«

»Werde ich haben. Dir auch.«

Ich beende das Gespräch. Mein Blick fällt erneut auf Jamie, und ich mustere ihn ausgiebig. Dabei klopft mein Herz ein bisschen schneller.

»Was wollte sie denn?«, fragt er beiläufig.

»Ach, nichts. Sie … sie wollte nur wissen, ob du einen Schottenrock trägst.«

Sein tiefes Lachen erfüllt den Raum. »Falls du möchtest, kann ich den Kilt anziehen.«

»Ich … Nein, ich will nicht, aber wenn du möchtest …«

»Mal sehen, lass dich überraschen. Also, hast du Lust? Spontan und ohne Plan?«

Ich spüre erneut diese wohlige Wärme im Bauch, während er mich ansieht. »Okay, warum nicht? Bevor ich verhungere … Und zudem muss ich gestehen, dass ich unleidlich werde, wenn ich hungrig bin.«

»Noch unleidlicher?« Er grinst. »Gut, das sollten wir wirklich nicht riskieren.«

»Das gibt's ja nicht. Ist immer so viel los, wenn dieser Markt ist? Das Dorf ist doch nicht so groß«, sage ich atemlos, als Jamie und ich mit den Fahrrädern *Caledoncroft* erreichen.

Tatsächlich trägt er den Schottenrock. Männer in Röcken sind eigentlich nicht so mein Ding, doch Jamie steht der Kilt wirklich sehr gut. Die strammen Beine ... Ja, sexy sieht er schon aus. Während ich ihn ansehe, flattert mein Herz schon wieder, was total bescheuert ist.

»Nun ja, es ist Wochenende. Da treibt es die Leute aus Inverness hierher. Es gibt einige Sehenswürdigkeiten, den Steinkreis aus deiner Lieblingsserie zum Beispiel. Wusstest du das?«

»Stimmt, jetzt wo du es sagst ... Und deswegen kommen sie her?«

»Klar. Du willst ihn doch auch sehen, oder?«

Da hat er recht. Ich nicke energisch.

»Na dann, stürzen wir uns ins Getümmel«, sagt Jamie mit einem schelmischen Grinsen auf den Lippen.

Und ich freue mich wirklich darauf. Es herrscht so eine schöne Energie. Die Straßen sind mit Menschen gefüllt, die sich an den Ständen umsehen, andere sitzen vor den Häusern und Geschäften. Bunte Lichter und Laternen erhellen den Abendhimmel, und der Klang von Musik und fröhlichem Lachen tränkt die Luft.

Wir schlendern vorbei an Gewürzen, Kunstwerken und Büchern. Der Duft von Kräutern und schottischen Spezialitäten erfüllt meine Nase. Ohne Zeitdruck nehme ich alles ganz anders wahr. Es ist beinahe magisch.

»Du hast doch sicher Hunger, oder?«, fragt Jamie und deutet zu einem Stand.

Gemeinsam schlendern wir dorthin. Es gibt sowohl Gebäck als auch frisch zubereitetes Essen. Zu meiner Verwunderung erkenne ich in der Verkäuferin die Frau, die mir mit dem Schlüssel geholfen hat.
»Hey«, begrüßt sie mich.
Ich lächle. »Hey.«
Dann sieht sie zu Jamie. »Du bist auch wieder da. Hab ich schon gehört und mich gewundert, weil ich die junge Frau am Cottage gesehen habe.« Mittlerweile verstehe ich die Leute besser, worüber ich echt froh bin.
»Ja, es gab einen Fehler bei der Buchung«, erklärt er.
Die Verkäuferin wendet sich an mich. »Nun, ich bin Sally. Mein Mann Jeffrey, der gerade nicht da ist, und ich führen einen Lebensmittelladen. Feinkost aus Schottland. Was möchtest du probieren?«
Ich lasse den Blick über die Auslage schweifen. »Ich kann mich nicht entscheiden. Es sieht alles lecker aus.«
»Dann stelle ich dir mal was zusammen«, sagt sie und greift nach einigen der liebevoll angerichteten Teile. Als sie fertig ist, reicht sie mir den Teller. »Auf dem Brötchen ist ein Scotch Pie, also eine herzhafte Fleischpastete. Das ist Bridie, eine Pastete im Blätterteigmantel, gefüllt mit gewürztem Rindfleisch und Zwiebeln. Und noch unser Shortbread, das sind zarte, buttrige Kekse.«
»Das klingt alles gut«, sage ich, schiebe mir ein Stück Scotch Pie in den Mund und seufze genüsslich. »Wow. Würzig und echt gut.«

»Danke«, sagt sie, als ein Mann zum Stand kommt. Das muss wohl Jeffrey sein.

»Jamie, das ist ja ein Ding. Wie geht's dir?«

»Gut, danke. Wir werden gerade verwöhnt. Oder eher Amelie.« Sein Blick kreuzt meinen.

»Du wohnst auch im Cottage, oder? Sally hat mir erzählt, dass sie dich gesehen hat, als du den Schlüssel gesucht hast.«

»Ja, das war nicht so leicht bei den vielen Blumentöpfen.«

Jeffrey lacht, dann sieht er wieder zu Jamie. »Geht es dir wirklich gut? War ja doch ziemlich was los.«

»Alles wunderbar.« Er stupst mich mit dem Ellenbogen an, als ich in das Shortbread beiße. »Und, wie ist es?«

»Super«, sage ich, nachdem ich hinuntergeschluckt habe.

Irgendwie ist die Stimmung gut, aber auch ein klein wenig angespannt. Ich habe das Gefühl, es liegt an Jeffreys Frage. Es war viel los bei Jamie? Neugierig bin ich ja schon.

»Gut, dann gehen wir mal weiter«, sagt Jamie und reicht den beiden ein paar Geldscheine.

Jeffrey und Sally nicken.

»Danke noch mal für die Hilfe und vielleicht bis irgendwann«, sage ich, bevor wir uns vom Stand entfernen. »Die waren nett.«

»Ich kenne Sally schon länger. Sie ist eine Freundin meiner Schwester. Und dir hat es auch geschmeckt, oder? So schnell, wie du aufgegessen hast …«

Ich spüre die Röte auf meinen Wangen. Stimmt, ich habe ihm nicht mal etwas abgegeben. »Oh Mann. Hättest du auch gern was gehabt?«

»Schon gut. Hauptsache, du wirst nicht *unleidlich*. Ich weiß ja, wie Frauen dann sein können. Meine Schwester ist dir dahingehend ähnlich.«

»Hast du noch mehr Geschwister?«

»Einen Bruder.«

»Ihr scheint eine große Familie zu sein.«

»Jap, deswegen ist die Ruhe im Cottage auch Gold wert.«

»Dann wolltest du vermutlich mehr Ruhe. Aber nun hast du mich an der Backe.«

Er winkt ab. »Schon okay, alles halb so wild. Ich nehme das Leben, wie es kommt.«

Wir stoppen noch an ein paar weiteren Ständen und landen an einer Outdoorbar, die Whisky anbietet. Als wir uns der Theke nähern, winkt der Mann dahinter Jamie sofort zu.

»Mensch, alles klar bei dir? Seit wann bist du wieder da?«, fragt der Verkäufer.

Jamie legt den Kopf schief. »Brian – neugierig wie immer.«

Er lacht und kommt hinter der Theke vor, um Jamie zu umarmen. »In Tracht, so muss es sein. Jetzt sag schon, wann bist du angekommen?«

»Gestern.«

Brians Blick landet auf mir. »Und wen hast du da dabei?«

»Das ist Amelie«, stellt Jamie mich vor.

»Freut mich«, sage ich.

»Mich auch. Wollt ihr was trinken? Einen Schluck flüssiges Gold?«

»Also, ich ...«

»Klar«, unterbricht Jamie mich. »Schenk uns was ein. Amelie muss davon probieren.« Er hebt die Hand. »Aber nicht zu stark.«

Brian geht hinter die Theke, greift nach zwei Gläsern, befüllt sie und reicht sie uns.

»*Sláinte*«, sagt Jamie, und schon klirren unsere Gläser aneinander.

Als ich vorsichtig den Whisky mit den Lippen ertaste, ist der Geschmack gar nicht mal so schlecht. Irgendwie rauchig, aber auch fruchtig und nicht so schwer, wie ich vermutet habe. »Schmeckt sogar«, sage ich.

Brian lacht. »Ist ein milder Single Malt. Der beste in Schottland. Aber ist ja klar, ist auch von Jamies Familie.«

Ich hebe fragend eine Augenbraue. »Ihr macht Whisky?«

Jamie nickt. »Ab und an.«

Brian grinst jetzt breit. »Ab und an? Er ist so bescheiden. Wie laufen die Geschäfte in Deutschland?«

Jamie räuspert sich. »Gut, aber anders seit ... na ja, du weißt schon.«

»Ach Mensch, ich bin ein Trampel. Ich hab's gehört.«

Jamie nickt gedankenverloren und nimmt einen Schluck. »Alles halb so wild. Wirklich. Es geht weiter, muss ja.«

Was ist da los?

»Da sagst du was. Und ihr genießt ein wenig den Abend?«, fragt Brian.

»Auf jeden Fall. Ich musste extra für Amelie den Kilt anziehen.«

»Nein, das stimmt nicht«, verteidige ich mich sofort. »Ich ...«

Brian kichert. »Schon gut. Jamie ist immer zu Scherzen aufgelegt. Nun, wollt ihr noch was?«

Jamie sieht mich an. »Möchtest du noch einen, oder gehen wir weiter?«

»Also, so einen würde ich noch nehmen«, sage ich und halte mein leeres Glas hoch. Tatsächlich fühle ich mich leicht beschwingt.

»Die Frau gefällt mir«, sagt Brian. »Dann schenke ich euch noch einen ein.«

Der Whisky hat meinen Magen schon leicht erwärmt, aber auf eine positive Art und Weise. Er bringt mich dazu, an nichts anderes zu denken. Ich genieße den Abend bisher sehr, auch wenn ich mich ab und zu frage, was bei Jamie los ist. Schließlich waren da all diese Andeutungen seiner Freunde. Trotzdem drängt sich der Gedanke nicht so stark auf, weil wir viel lachen und über andere Themen sprechen. Wir probieren noch drei weitere Whiskysorten, und so komme ich ganz ungeplant in den Genuss eines Whiskytastings.

Irgendwann beschließen wir allerdings, weiterzugehen, weil Jamie meint, wir dürften den Tanz nicht verpassen, der an Markttagen gegen zehn Uhr stattfindet. »Und, hast du Spaß?«, fragt er, während wir über den Platz schlendern.

»Ja, das habe ich.«

Er lächelt. »Obwohl du mit mir Zeit verbringst? Das freut mich.«

»Unfassbar, was? Und du? Hast du Spaß?«

»Geht so.« Jamie lacht.

Ich boxe ihn in die Seite. »Hattest du viel Stress in letzter Zeit?«, will ich irgendwann wissen, weil meine Neugier nun zurückkommt.

»Ein wenig. Aber alles gut.«

Schade. Ich habe es versucht, doch anscheinend möchte er ein geheimnisvolles, verschlossenes Buch bleiben. Was ich auch verstehen kann, schließlich kennen wir uns kaum. Neugierig bin ich dennoch.

Ich genieße erneut die Lichter und die Atmosphäre, bis Jamie stehen bleibt. Einige Leute haben sich bereits versammelt – vermutlich findet hier der Tanz statt. Nach wenigen Minuten treten einige Männer und Frauen in die Mitte. Sie alle tragen bunte Kleidung.

»Wow. Was haben die da an?«, frage ich.

»Das ist die alte schottische Tracht.«

Und schon ertönen Dudelsackklänge, und die Gruppe beginnt, sich rhythmisch im Kreis zu bewegen. Sofort bin ich fasziniert von den Schritten und von der Energie.

»Das ist der Ceilidh-Tanz, ein Gruppentanz, der oft auf Festen oder Hochzeiten getanzt wird. Die Teilnehmer stehen dabei in einer Reihe oder einem Kreis und bewegen sich im Rhythmus der Musik. Das erfordert eine gute Zusammenarbeit zwischen den Tänzern und soll zeigen, wie wichtig Zusammenhalt ist.«

Eine Weile geht der Tanz noch, bis die Musik endet. Mit einem Lächeln im Gesicht klatsche ich. »Das war wirklich beeindruckend.«

»Freut mich, dass ich dir damit eine Freude machen konnte«, sagt Jamie, als wir weitergehen. »Ich hatte tatsächlich ein schlechtes Gewissen.«

»Ehrlich? Warum?«

»Wir haben bisher nicht darüber geredet, was im Pub passiert ist. Da wollte ich dich eigentlich nicht so angreifen. Du meintest, du hättest deine Gründe für die Sache mit den Plänen und … Es tut mir leid, falls ich da etwas schroff war. Wir alle haben Gepäck, und man muss damit klarkommen, deswegen war das nicht fair von mir. Klar, ich finde diese Planerei nicht gut, doch ich hatte kein Recht, dich so anzugehen.«

Ich sehe ihn an. »Stimmt. Aber ist schon gut, wir haben es damit geklärt.« Zumindest für den Moment.

Durch die Zeit gefallen?

Es ist bereits dunkel, und wir brechen auf. Der Abend war schön. Als wir die Fahrräder erreichen, bin ich gut drauf, und während der Fahrt atme ich den frischen Wind ein.

Ich sehe zu Jamie, der im Schottenrock auf dem Fahrrad echt lustig aussieht. »Zieht es da unten eigentlich?«

»Oha, jetzt sprichst du endlich mal deine Gedanken aus. Was der Whisky alles vermag«, scherzt er.

»Erwischt. Doch das kommt nicht davon. Den Alkohol merke ich schon, allerdings nur wenig. Ich habe ja auch Wasser getrunken.«

Er lacht.

»Also? Verrätst du es mir?«, bohre ich weiter nach.

»Wir sind gleich da«, antwortet er und reagiert nicht auf meine Frage. Auch nicht, als wir ein Schild passieren, das auf einen Steinkreis hinweist.

CLAVA CAIRNS
0.2 miles

Nein, ich möchte jetzt noch nicht zurück zum Cottage. Ich will spontan sein und diesen Steinkreis sehen. Ungeplant. Deswegen biege ich einfach ab.

»Los, Jamie! Wir fahren jetzt zum Steinkreis«, rufe ich und trete in die Pedale.

»Was? Ernsthaft?«

»Ja, komm schon! Oder bist *du* am Ende der Langweiler, hm?«

»Du bist verrückt! Und nein, ich bin kein Langweiler.«

Ich drehe mich um. Ha! Jamie folgt mir. »Das ist so aufregend!« Ich muss breit grinsen und freue mich, als ein weiteres Schild auf den Parkplatz des Steinkreises hinweist.

»Amelie, warte! Hier müssen wir absteigen.«

Ich stoppe und wende mich zu Jamie um. »Wirklich?«

»Wirklich. Komm.«

Wir steigen von den Fahrrädern ab und stellen sie an den Ständern ab. Mehrere Autos und Fahrräder stehen auf dem Parkplatz. In der Ferne erkenne ich Lichter. »Ist da viel los?«, frage ich.

»Offenbar mehr als sonst.«

Wir machen uns auf den Weg. Damit wir im Dunkeln etwas sehen, schalten wir die Taschenlampen an unseren Handys ein.

Ich bin echt gespannt, wie groß die Steine sind. In der Serie waren sie ja wirklich imposant. Ich atme tief durch, die Luft ist frisch und klar. Der Kies knirscht unter unseren Schuhen, und die Blätter der Bäume rascheln im Wind.

Es sind nur noch ein paar Schritte – und die Ernüchterung trifft mich mit voller Wucht. Denn imposant ... Na ja, er ist anders als erwartet. Ich beobachte die Leute, die mit Taschenlampen in den Händen den Steinkreis und die Hinweistafeln mustern und Fotos machen. Ich bin also wirklich hier. Darauf habe ich mich so gefreut, doch jetzt bin ich eher enttäuscht.

»Da wären wir. Was sagst du?«, will Jamie wissen.

Ich schlucke. »Ist das wirklich richtig? Er sieht völlig anders aus als in *Outlander*, und die Steine sind viel kleiner, als ich erwartet habe.«

Jamie lacht. »Ja, ich dachte mir schon, dass du enttäuscht sein wirst.«

Ich lasse die Schultern hängen. Der Steinkreis ist alles andere als mächtig, im Gegenteil. Die Steine sind eher klein, dabei wirken sie im Fernsehen doppelt so groß wie ich. »Ich habe zwar mal gehört, dass es nicht so sei wie im Film oder im Buch, aber dennoch ...«

»Willst du ein Geheimnis wissen? Wobei – es wundert mich eigentlich, dass du es nicht weißt, weil du doch so ein großer *Outlander*-Fan bist.« Er sieht mich an. »Den Steinkreis *Craigh na Dun* gibt es nicht. Er wurde für die Dreharbeiten in der Gegend um Rannoch Moor in Perthshire aufgebaut. *Clava Cairns* hat lediglich als Vorlage dafür gedient.«

Ich reiße die Augen auf. »Wirklich? Na ja, es ist anders, aber trotzdem schön. Kennst du die Serie?«

»Ich habe eine Schwester. Was denkst du denn? Ich kenne sie, was jedoch nicht heißt, dass ich alle Folgen gesehen habe. Und mein Name kommt auch nicht von ungefähr.«

»Was? Ist das dein Ernst?«

»Meine Mama war ein Fan der Buchreihe. Gut, mein Großvater hieß auch so, doch ich denke, das hat meiner Mama in die Karten gespielt.«

»Das ist echt lustig. Weißt du, was meine Lieblingsszene ist?«

Er grinst verschmitzt. »Verrätst du es mir? Los, ich bin so gespannt.«

Ich trete an ihn heran und boxe ihn in die Seite. »Du weißt es, oder?«

»Vermutlich die, in der Claire durch die Zeit reist?«

»Gut geraten. Ich sehe es vor mir: Claire, die das Vergissmeinnicht pflückt, der Wind frischt auf – und zack, da wacht sie im Mittelalter auf.«

»Ein bisschen mehr ist da schon passiert, aber du hast es gut zusammengefasst.«

Ich lache, während wir über das Gelände schlendern. »Danke. Wäre schon cool, wenn man wirklich durch die Zeit reisen könnte, oder? Würdest du es tun?«

Er sieht mich nachdenklich an. »Gute Frage. Ich weiß nicht. Du?«

»Oh ja. Sofort. Wobei – ich habe keine sinnvollen Fähigkeiten. Claire ist wenigstens Krankenschwester und kennt sich mit Kräutern aus. Ich wäre völlig aufgeschmissen, wenn ich so darüber nachdenke.«

Jamie nickt. »Aber ich meine eigentlich, wenn du dir eine Situation in deinem Leben ausdenken könntest, etwas, das du ändern könntest?«

»Puh. Das habe ich mich tatsächlich in den letzten Monaten ab und an mal gefragt.«

»Warum?« Mit einem Mal ist da wieder dieser traurige Ausdruck in seinem Gesicht. Doch dann winkt Jamie ab. »Nein, vergiss es. Ich denke, alles, was passiert, soll so sein, wie es ist.«

»Ich weiß nicht. Auch die schlimmen Dinge?«

Er schluckt hörbar und beschleunigt seinen Schritt. »Falls man durch die Zeit reist, dann nur wegen der vermeintlich schlimmen Dinge, nicht wahr?«

»Vermutlich ja. Man reist schließlich nicht zurück, um ... keine Ahnung. Jemanden, den man küssen wollte, zu küssen, weil man den Moment verpasst hat? Wobei auch die kleinen Veränderungen große Auswirkungen haben könnten. Und ...«

Auf einmal bleibe ich mit dem Fuß irgendwo hängen, verliere das Gleichgewicht und falle. Vor Schreck entweicht mir ein kurzer Schrei, während mir das Handy aus der Hand rutscht. Ich spüre einen Schlag am Kopf, dann wird es dunkel.

Als ich die Augen öffne, habe ich das Gefühl von Zeit und Raum verloren. Was ist passiert? Jamie und ich, wir haben geredet und dann ...

»Mist, was war das denn?«, murmle ich und spüre, dass mich jemand im Arm hält. »Jamie?«

»Alles okay, Sassenach? Du bist gefallen und hast dir den Kopf gestoßen. Es sieht aber alles gut aus und blutet nicht.«

Sassenach? Hat er das wirklich gesagt? Oder habe ich es mir nur eingebildet?

»Ähm, okay …« Ich fühle mich gut. Nur ein leichtes Ziehen an der Stirn, wenn ich sie berühre, ansonsten tut mir nichts weh. »Sassenach? Das sagt man doch zu Engländerinnen, oder? Ich bin aber keine.«

Er blickt zu mir herab. Sein Gesicht ist meinem so nah, dass ich seinen Atem auf meinen Wangen spüre. »Wirklich alles in Ordnung?«

»Ja, es geht schon wieder.« Ich löse mich aus Jamies Armen, rücke ein Stück von ihm ab und sehe mich um. Wir befinden uns abseits der anderen Leute, die den Steinkreis besuchen.

Jamie wirkt jedoch weiterhin besorgt und scheint mir nicht zu glauben.

»Es ist wirklich alles gut«, sage ich erneut und lächle. »Wie blöd kann man fallen? Was war das? Eine Wurzel oder ein Stein? Also wirklich. Und das mit der Ohnmacht tut mir leid. Als Kind bin ich öfter mal umgefallen, wenn ich mich erschreckt habe. Meine Mama war jedes Mal geschockt. Ist so wie bei Nessi. Wenn sie erschrickt, dann … Du weißt schon. Zum Glück habe ich das Problem nicht.« Ich lache, und auch seine Lippen zucken leicht. »Alles gut bei dir?«

»Ja. Aber du? Bist du eine Druidin? Du redest so viel.«

Hä? Bitte was? Er veräppelt mich doch.«»Nein, ich bin nur Amelie Liebich. Eine Büroangestellte, Planerin und ansonsten so gut wie talentfrei.«

Zwischen Jamies Augenbrauen entsteht eine tiefe Furche.

»Ach komm, das war lustig. Warum schaust du so ernst?«, frage ich.

»Du bist merkwürdig. Aye!«

»Was? Wo ist ein Ei? Nein, talentfrei habe ich gesagt. Also, Jamie, das ist nicht witzig. Hast du dir den Kopf gestoßen oder ich?«

Er beugt sich zu mir vor. »Ich weiß nicht, was oder wer du bist, aber allein im Wald zu sein, ist nicht klug. Wenn die Engländer dich gefunden hätten. Nicht auszudenken, was sie mit dir angestellt hätten«, raunt er und zwinkert mir dann zu.

Mit einem Mal verstehe ich, dass es ein Spiel ist. Und irgendwie habe ich Lust darauf.

»Wieso die Engländer? Die sind doch ewig nicht mehr hier. Höchstens um Urlaub zu machen oder so.«

»Aye, Urlaub? Was ist das? Wir sind mitten im Krieg und sollten lieber verschwinden. Kannst du reiten?«

»Nein, kann ich nicht. Ich bin mit dem Fahrrad hier. Eigentlich mit meinem verrückten Mitbewohner, aber er ist weg.«

»Ein ... was? Fahrrad?« Erneut grinst er leicht. »Du kannst also nicht mal reiten? Woher kommst du, wenn du nicht reiten kannst?«

Das Spiel macht mir echt Spaß. »Aus Bayern.«

Er sieht mich neugierig an. »Wo soll das sein?«

»Das ist ein Bundesland in Deutschland.«

Jamie räuspert sich und sieht mich erneut skeptisch an. Er spielt das wirklich gut. Und in meiner Brust flattert es. »Das hier gefällt mir nicht. All die Worte, die du sagst. Bayern? Wer ist dein König?«

»Nun, lieber Fremder, es ist typisch, dass du gleich von einem König ausgehst. Also, über sechzehn Jahre hatten wir eine Königin namens Angela. Und momentan ist der König Olaf Scholz ...«

»Er ist der König von Bayern?«

Ich winke ab. »Nein, von Deutschland. Von Bayern ist es Markus Söder.«

»Also habt ihr zwei Könige. Und die Königin? Ist sie tot?«

»Nein, sie ist in Rente.«

»Rente? Das klingt interessant. Was ist das?«

»Etwas, das noch weit in der Zukunft liegt. Wenn wir es überhaupt erreichen. Aber reden wir nicht darüber.«

Wieder zucken seine Mundwinkel kurz. »Olaf Scholz also. Aye. Ist er ein guter König?«

»Er ist kein wirklicher König, daher kann ich deine Frage nicht beantworten. Er ist der Bundeskanzler.«

»Ein Bundeskanzler?«

»So ist es«, murmle ich und starre auf Jamies Lippen, die so weich aussehen.

»Und alle tun, was er sagt?«

»Mmh, nicht immer.«

»Aber er ist mächtig?«

»Das würde ich schon sagen, doch so einfach ist es nicht.«

Mit einem Mal kommt Jamie noch näher an mich heran und betrachtet mich ernst. »Tha mi a' cur banter ort.« Seine Stimme ist rau, und mir läuft ein warmer Schauer über den Rücken. Oh mein Gott.

»Das war jetzt aber echt sehr sexy. Was heißt das?«

Jamie erhebt sich, hält mir seine Hand entgegen und zieht mich auf die Beine. »Sexy? Was ist das?«

Unsere Blicke treffen sich erneut.

»Deine Lippen«, flüstere ich.

Dieses Gefühl zwischen uns ist auf einmal fast nicht mehr zu ertragen. Was tue ich da? Was tun wir da? Jamie und ich? Auf gar keinen Fall! Dennoch flirrt die Luft.

»Aye. Heißt das, dir gefallen meine Lippen?«, fragt er.

»Ja.« Meine Antwort ist nur ein Hauchen.

»Nun, mir gefallen deine auch.«

Ich schlucke, und mein Blick fliegt über Jamies Gesicht, das nur durch den Mond erhellt wird. Der Dreitagebart, diese strubbeligen Augenbrauen ... Dieses Spiel ist auf eine verrückte Art und Weise mehr als reizvoll. Und ja, sollte ich jemals durch die Zeit reisen, dann würde ich mir wünschen, dass Jamie mich findet.

»Und was macht man in Bayern, wenn man die Lippen seines Gegenübers schön findet?«

»Nun, na ja ... Was macht man denn hier in Schottland?«

»Willst du das wirklich wissen?«

Der Wind frischt auf, und ich bekomme eine Gänsehaut. Plötzlich kribbelt es in meinem Bauch noch heftiger. Ja, ich will es wissen. Ich möchte diesen Moment nicht verpassen, denn das hier fühlt sich so schön an. Diese Anziehung zwischen uns. So ungeplant und dennoch perfekt.

»Ja, das will ich«, flüstere ich.

Und dann nimmt er mein Gesicht in seine Hände, beugt sich vor und legt seine Lippen auf meine. Er küsst mich so intensiv, dass mein Herzschlag kurz aussetzt. Es ist ein Kuss, den man niemals so schön hätte planen können. Und das Gefühl ist unbeschreiblich. Seine Lippen fühlen sich noch weicher an, als sie aussehen. Seine Berührung entfacht ein Feuer in mir. Am liebsten würde ich nie mehr damit aufhören.

Doch Jamie löst sich von mir, und ich seufze. Seine Hände liegen noch auf meinen Wangen, und in diesem Moment wünsche ich mir nichts sehnlicher, als dass er mich noch einmal küsst.

»Das gefällt mir«, sage ich leise, während er mich aus halb geschlossenen Lidern ansieht. »Also, was ihr in Schottland macht, wenn euch Lippen gefallen.«

Er grinst leicht. »Das freut mich. Ich gebe gern mehr über die schottischen Bräuche preis.«

Ich beiße mir auf die Unterlippe. »Wirklich? Denn ich habe da noch eine Frage, die mich echt interessiert.«

»Aye. Und welche?«

»Tragt ihr etwas unter dem Kilt?«

Jamies Grinsen wird breiter. »Finde es heraus«, murmelt er, und schon küssen wir uns erneut.

In uns allen steckt so viel mehr,
als wir glauben.
Wir müssen es nur entdecken.

Liebe mit Schaf?

»Heike, das war ernsthaft und ungelogen das Heißeste, was ich jemals in meinem Leben erlebt habe«, flüstere ich atemlos ins Telefon. Ich sitze auf dem Bett, und noch immer ist die Nacht, die Jamie und ich zusammen hatten, unheimlich präsent. Sie war leidenschaftlich, heiß, feurig, spielerisch, perfekt.

»Oh ja. Und dass du gefragt hast, was er unter dem Rock hat – der Hammer, Amelie.«

Ich lache und spüre die Röte auf meinen Wangen. »Ich war auch überrascht, wie spontan ich sein kann. Einfach so. Das war nicht geplant. Ich meine, ich konnte ihn zuerst nicht leiden. Aber dann …«

»Zack – Zunge im Hals.«

»Sehr witzig.«

»Und wo ist er nun?«

»Keine Ahnung. Vielleicht begrüßt er wieder den Morgen?«

Sie kichert. »Du bist echt der Knaller. Bevor du ihn suchst, rufst du erst mich an?«

»Ich habe es einfach nicht mehr ausgehalten. Ich musste dir davon erzählen, weil es unglaublich toll war. Der ganze Abend. Dabei war ich doch so frustriert, als ich zurück zum Cottage gekommen bin. Aber dann habe ich gespürt, dass ich nicht gehen möchte, und wir sind nach *Caledoncroft* gefahren. Es war nett mit Jamie, mehr als das. Ich habe mich so losgelassen gefühlt. Und dann die Sache am Steinkreis. So etwas kann man nicht planen.«

»Oh ja, ein ziemlich heißes Rollenspiel.«

»Sehr heiß.«

»Und dann sagst du zu ihm: ›Mein König ist Olaf Scholz.‹ Ich kann nicht mehr. Mal ernsthaft. Olaf Scholz in einem sexy Rollenspiel? Das ist schon eine Kunst. Erotisch jedenfalls nicht.«

»Stimmt. Oh Mann. Aber was daraus geworden ist, war wirklich toll. Und Jamie hat mir noch was ins Ohr gehaucht, so was Schottisches. Ich weiß noch immer nicht, was es bedeutet.« Ich grinse. Meine Lippen kribbeln und sehnen sich schon wieder nach einem Kuss von ihm. Es war wirklich schön, mehr als das.

»Ach Mensch, siehst du, es wird doch alles gut. Wie wäre es mal mit einem ›Danke, Heike‹?« Ihre Stimme überschlägt sich beinahe.

»Danke, Heike. Aber trotzdem, ich hatte noch nie einen One-Night-Stand.«

»Muss ja keiner bleiben, oder? Vielleicht war es gar keiner?«

»Ja, genau. Als ob da mehr passieren kann. Davon gehe ich jetzt mal nicht aus. Okay, er lebt in München, aber …«

»Warum solltest du überhaupt daran denken?«

»Stimmt schon. Ich bin spontan und plane nicht. Ich lasse alles auf mich zukommen.«
»Ja, das ist die neue Amelie.«
»Weißt du, wer mir leidtut?«
»Nein. Wer?«
»Nessi. Sie war im Raum und ist nun sicherlich für immer geschädigt. Wobei – wer weiß, was sie schon alles erlebt hat.«
Heike lacht. »Ich würde mal sagen: Liebe mit Schaf und Schottenrock.«
Ich huste. »Wieso *mit* Schaf? Nessi war nur im Raum. Und der Schottenrock, na ja, den habe ich Jamie ausgezogen.«
Wir kichern.
Irgendetwas summt, und ich sehe mich im Cottage um. Ah, auf der Kommode liegt Jamies Handy. Vielleicht ist es etwas Wichtiges? Ich stehe vom Bett auf, blicke auf das Display, und dann durchfährt es mich wie ein Blitz. »Oh.«
Heike räuspert sich. »Was ist los?«
»Ich habe gerade auf Jamies Handy gesehen, weil es vibriert hat, und ...« Ich verstumme, als eine Nachricht in der Vorschau erscheint.
»Was ist denn jetzt? Sag schon.«
»Nun, da wartet ein gewisses Henchen wohl auf einen Anruf. Ich bin so dumm, so dumm, Heike. Schon im Flugzeug habe ich vermutet, dass er eine Freundin hat. Ob es so ist?«
»Warum soll Henchen seine Freundin sein?«
»Weil noch eine Nachricht gekommen ist, in der steht: *Ich liebe dich auch und ...* Mehr sehe ich in der

Vorschau nicht. Ach, Mist. Der Kerl ist ein Aufreißer, und ich bin auf seine Masche reingefallen. Das passiert, wenn man loslässt und nicht alles plant. Dann bricht es einem das Herz.«

»Amelie! Schluss, atme mal durch. Du bist echt schrecklich. Schließlich habt ihr noch nicht mal miteinander geredet. Und das Herz gebrochen? Übertreib mal nicht.«

Ein Geräusch vor der Haustür erregt meine Aufmerksamkeit. Ich husche wieder zurück aufs Bett. »Mist. Heike, ich glaube, er kommt. Ich lege auf«, flüstere ich, und schon betritt Jamie das Cottage.

»Hey, guten Morgen«, sagt er und sieht mich mit einem sanften Grinsen an.

»Morgen. Wo warst du? Wieder den Morgen begrüßen?«

Jamie setzt sich zu mir aufs Bett und streicht sich durchs Haar. Er sieht aus, als wollte er mich küssen. Dieser Mann, diese Augen, dieser Oberkörper ... Natürlich trägt er wieder nur Boxershorts. Erneut kribbelt es in meinem Bauch.

»Ich wollte dich schlafen lassen, aber Nessi musste raus.« Er beugt sich vor, um mich zu küssen und …

Ich würde es ja auch gern tun, jedoch nicht so. Also wende ich den Kopf ab und widme mich schnell Nessi. »Oh Mann, armes Schaf.« Ich stehe abrupt auf.

Jamie lächelt und hebt eine Augenbraue. Ob er etwas an meiner Stimmung bemerkt hat? »Ja, wir haben eine ganz schöne Unordnung gemacht«, sagt er und lässt den Blick über das Chaos schweifen. Unsere Kleidung liegt überall verteilt. »Aber es hat sich gelohnt, Amelie.«

Ich lächle. Verdammt, ich darf nicht lächeln. Er hat vermutlich eine Freundin. So lustig ist das nicht.

»Ich denke, wir sollten zuerst aufräumen«, meint er.

»Gute Idee.« Mein Blick schweift zu seinem Handy. Was tue ich da? »Okay, dann legen wir los.« Ich beginne, die Kleidung aufzusammeln.

Jamie sieht mich leicht verwirrt an, dann nimmt er sein Handy von der Kommode und tippt darauf herum.

Fragt er sich, ob ich die Nachricht gesehen habe? Soll ich ihn darauf ansprechen? Nein, weil es sowieso egal ist. Falls er eine Freundin hat, ist das schlimm. Aber ist es überhaupt meine Schuld? Dabei war die Nacht so schön.

»Ich übernehme das Chaos, und du kochst Kaffee? Wäre das in Ordnung?«, frage ich, damit wir etwas Abstand haben.

Unsere Blicke treffen sich, und er runzelt die Stirn. Sicher, weil er die Spannung, die gerade zwischen uns herrscht, komisch findet. »Klar, kann ich machen«, antwortet er und legt das Handy zurück.

Während er in der Küche hantiert, hebe ich die Kleidungsstücke auf. Als Jamie sich mit einem Mal räuspert, halte ich inne.

»Wenn wir den Kaffee getrunken haben, muss ich vermutlich mal kurz weg«, erklärt er mir.

Ha! Die Nachricht hat also doch etwas zu bedeuten. Und wie merkwürdig er sich jetzt verhält …

»Kein Thema«, sage ich mit einer etwas piepsigen Stimme. »Lieb gemeint, doch du musst nichts mit mir absprechen. Wenn du etwas zu erledigen hast, ist das kein Problem. Das gestern war echt ganz nett, aber fühl dich nicht verpflichtet, nur weil wir ein bisschen Sex hatten.« Dabei habe ich ihn unfassbar gut gefunden. Aber egal.

Er sieht mich ernst an und nickt. »Ein bisschen Sex?«

»Na ja, war doch so.«

»Okay, wenn du das sagst, ist das gut. Super, wie locker du bist.«

Hat er das wirklich gesagt?

Boah!

»Klar, ich bin superlocker. Also keine Sorge, du hast mich jetzt nicht an der Backe.«

»Okay, perfekt.« Er grinst. »Ach, kannst du mir mal mein Shirt rüberwerfen? Liegt so gut wie vor deinen Füßen.«

Dieser … Am liebsten würde ich es ihm ins Gesicht pfeffern.

»Klar«, sage ich stattdessen, greife nach dem Shirt und werfe es dann doch leicht aggressiv in seine Richtung.

»Guter Wurf. Danke.« Er fängt es problemlos und zieht es an. »Kaffee ist gleich fertig.«

»Super«, murmle ich, während ich weiter aufräume.

So ein Idiot. Ich bin wirklich sauer und … Nein, bin ich nicht! Ich bin …

»Du bist echt …«, beginnt er.

»Superlocker«, ergänze ich und ziehe mich ebenfalls an.

Und wieder nickt Jamie nur. Ob er mir die Show abnimmt? Ich glaube nicht. Doch das bleibt erst einmal mein Geheimnis.

geheime Mission

Ich sitze mit der Kaffeetasse auf dem Bett und lese einen Roman. Also nicht wirklich, aber ich tue zumindest so.

Jamie steht in der Küche und wirft mir immer wieder fragende Blicke zu. »Ich gehe dann mal duschen. Und eine Sache …«

»Ja?« Ich sehe von meinem Buch auf.

»Könntest du mitkommen? Das wäre mir wichtig. Ich muss da was klären.«

Ich zucke zusammen. Ich soll mit? »Ähm, warum? Was musst du denn klären?«

»Das erfährst du dann dort. Also? Ich weiß, es ist nicht geplant, aber …«

Kurz denke ich nach, doch dann nicke ich. »Klar, wenn es sein muss. Kein Problem.«

Er grinst. Ich habe keine Ahnung, was er so lustig findet. Aber gut.

»Schön, wie locker du bist«, sagt er noch, bevor er ins Badezimmer geht.

Spinner! Ich warte, bis das Wasser rauscht, lege das Buch auf den Nachttisch und rufe Heike erneut

an, um mich mit ihr zu beraten.»Er meinte, er müsse kurz weg. Ist ja klar, dass er die Sache mit ihr klären muss. Mit dem armen Henchen«, flüstere ich ins Handy.»Aber warum will er mich dabeihaben? Ist das nicht merkwürdig?«
»Gute Frage. Hat er wirklich gesagt, dass er froh ist, wie locker du bist?«
»Ja. Glaubst du das?«
»Ich weiß nicht. Ist schon komisch, oder? Meinst du echt, er nimmt dich mit zu seiner Freundin? Am Ende steigerst du dich da in was rein. Also, wie wäre es, wenn ihr darüber redet? Es wird ja sonst immer anstrengender. Konflikte bauschen sich doch nur auf, weil niemand etwas sagt.«
Ich stoße geräuschvoll die Luft aus.»Er verhält sich komisch. Und ich hätte den Braten riechen müssen, beziehungsweise er hätte es mir sagen müssen, falls es so ist.« Ich lausche, Jamie duscht noch immer. »Also, soll ich mit oder mir eine Ausrede einfallen lassen?«
»Eigentlich sollst du mit ihm reden. Aber wenn du, na ja, eine geheime Mission daraus machen willst, dann tue es, Amelie.«
»Du bist echt keine Hilfe.«
»Doch. Und alles, was du sagst, ist nur eine Vermutung.« Heike macht eine dramatische Pause. »Jetzt die Frage aller Fragen, die du noch nicht beantwortet hast: Hatte er eigentlich unter dem Schottenrock was an?«
»Dich interessiert bei allem, was ich dir sage, nur, ob er unter dem Kilt nackt ist?«

Jamie kommt aus dem Badezimmer und grinst mich an. »Ich will nicht wieder stören, aber wollen wir?«

Ich zucke zusammen. Heftig. Verflixt! Hat er meinen letzten Satz mitbekommen? Ich hoffe es nicht. Wie peinlich wäre das bitte? »Ähm ... Heike, ich muss auflegen.«

Sie kichert. »Mist. Hat er was gehört? Sag schon! Er taucht ja auch immer in den ungünstigsten Momenten auf. Schon lustig.«

Lustig? Ich erschlage sie gleich. »Ich lege auf«, sage ich nur kurz angebunden und beende das Telefonat. Dann sehe ich zu Jamie. Mein Blick bleibt an ihm hängen, und ich schaffe es nicht, wegzusehen.

Wie gut er aussieht. Auch mit Kleidung. Das helle Shirt, die lässig sitzende Jeans und die noch etwas feuchten Haare ... Oh Mann! Ich sollte nicht darüber nachdenken. Schon gar nicht, nachdem ich die Befürchtung habe, dass er ein Aufreißer ist.

»Das war nur ... Heike«, stammle ich.

»Was wollte sie denn?«

»Nichts Wichtiges, obwohl es dich eigentlich nichts angeht.« Wie neugierig ist er bitte? Und dieser Blick. Hat er doch etwas von meinem Telefonat mitbekommen?

»Okay. Können wir los?« Er deutet zur Tür.

Vermutlich sollte ich Nein sagen, doch meine Neugier siegt. »Klar. Ich bin gespannt, was du vorhast«, sage ich daher und sehe ihm tief in die Augen.

»Und ich bin gespannt, wie du darauf reagieren wirst.«

Klingt das wie eine Drohung? Ich weiß es nicht, aber ich werde es bald herausfinden.

Henchen

Als wir Inverness erreichen, fällt mir dieses Mal bewusster auf, wie hübsch die Häuser sind. Der Bus ist sogar pünktlich gekommen, und auch wenn wir nicht wirklich viel geredet haben, war die Fahrt angenehm. Ich habe versucht, die Natur auf mich wirken zu lassen und abzuschalten, um nicht an die Sache mit dem Handy zu denken. Aber gut.

Als wir aussteigen, läuft Jamie gleich los. Da er sich gut auskennt, folge ich ihm durch die Straßen, die ich sonst vermutlich niemals gesehen hätte. Es geht beinahe kreuz und quer durch die Gassen. Ich bin beeindruckt, als Jamie vor einem großen Gebäude stoppt. Alte Steine, die sicherlich Unmengen an Geschichten erzählen könnten, verbergen die Büros dahinter. Kurz vergesse ich sogar, dass ich angefressen bin.

»So, da wären wir«, sagt er.

»Okay. Was machen wir nun? Und was willst du hier klären?«

Jamie grinst. Mal wieder. Und es macht mich rasend. Am liebsten würde ich ihn fragen, was er so lustig findet, verkneife es mir jedoch.»Nur jemanden besuchen«, erklärt er.

In einem Büro? Na gut. Wir sind jetzt da.

Als wir eintreten und uns an die Anmeldung stellen, sitzt dort eine junge Frau mit roten Haaren und einer blauen Brille. Ob sie Henchen ist?

Vermutlich nicht, denn sie fragt:»Wie kann ich euch helfen?«

Jamie lächelt sie an.»Ich möchte zu Ellen McCanzy. Sie wartet auf mich.«

Die Frau nickt.»Entschuldigung, ich bin neu hier. Sie sind Jamie Lovengreen, oder?«

»Genau, der bin ich.«

Okay, was? Ich verstehe nicht, was hier passiert.

»Ich rufe sie an. Ellen hat Sie schon angekündigt und gemeint, dass sie dann runterkommt.«

»Super.«

Ich sehe Jamie fragend an.»Du willst zu unserer Vermieterin?«

»Jap.« Wieder grinst er, dieses Mal ziemlich verschmitzt.

»Und was soll ich dann hier?«

»Nun, ich denke, du wirst dich gleich wundern.«

Was meint er? Ist das Absicht? Vermutlich. Dennoch frage ich mich, warum er in Rätseln spricht.

»Ich sage nur, es ist wirklich gut zu wissen, worüber ihr Frauen euch so austauscht«, fügt er hinzu.

Okay, er hat mein Gespräch mit Heike also doch gehört.

Ich sehe ihn verwirrt an.»Was meinst du? Die Sache mit dem Schottenrock? Ja, Heike ist echt neugierig, falls du das mitbekommen hast. Aber ich habe es nicht verraten. Sag schon, geht es darum?«

»Wer weiß …«

»Jamie«, unterbricht ihn eine Frauenstimme. »Komm her und lass dich umarmen.«

»Mein Henchen«, antwortet er.

Mein Herz macht einen Satz. Das ist Henchen? Ups. Damit habe ich nicht gerechnet. Eine Frau mittleren Alters, die eine bunte Jacke, Jeans und dunkle Schuhe trägt, habe ich nicht erwartet.

»Amelie, darf ich vorstellen? Das ist Ellen – mein Henchen.«

Oh Mann. Die beiden stehen sich näher? Warum, weiß ich nicht, auch nicht, wie das alles zusammenhängt. Aber Jamie hat wohl doch keine Freundin. Oder? Wobei – vielleicht ist ja Ellen seine Freundin …

»Freut mich, dich kennenzulernen, my dear«, sagt sie. »Und ich freue mich auch, dass ihr euch so gut versteht. Jamie meinte, ich muss dich unbedingt treffen. Weißt du, er ist mein Lieblingspatensohn.«

Oh! Er ist ihr Patensohn?

Sprachlos sehe ich Jamie an, der entschuldigend mit den Schultern zuckt.

»Patensohn? Wow! Ehrlich?«

»Hat er dir das etwa nicht gesagt? Du wirkst so verwundert«, hakt Ellen nach.

»Nicht so wirklich.«

Ellen wirft Jamie einen tadelnden Blick zu.

»Schau mich nicht so an. Es sollte eine Überraschung sein, Henchen.«

»Ach, du immer. Der Junge und seine Überraschungen. Nun gut. Es ist schön, dich zu sehen, Amelie. Ich bin froh, dass es dir im Cottage doch gefällt.«

»Ja, ich habe es nicht übers Herz gebracht, Nessi zu verlassen.«

Sie lacht herzlich. »Das Schaf hat schon was. Man schließt es bereits nach ein paar Stunden ins Herz. Also, dann wollen wir mal was trinken gehen. Was haltet ihr vom *Sparkle Shine*?«

Jamie nickt mir zu. »Das klingt doch mehr als perfekt, oder?«

Als wir schließlich in dem gemütlichen Café sitzen, bin ich nicht mehr wütend, eher peinlich berührt. Doch glücklicherweise ist die Stimmung so gut, dass ich mir vorerst keine Gedanken mache, auch wenn ich weiß, dass ich mich später bei Jamie entschuldigen muss.

Bis dahin lausche ich den Gesprächen. Ich erfahre, dass Jamie früher oft bei Ellen war, zusammen mit seinem Bruder und seiner Schwester. Währenddessen trinken wir Earl Grey und essen Kekse.

Nach etwa einer halben Stunde sieht Ellen Jamie jedoch ernst an. »Nun, wir sind nicht nur hier, um Spaß zu haben, deutsch zu reden und alte Geschichten zu erzählen, sondern wegen dir und der Sache, die du von mir willst.«

Jamie nickt. Ich bin neugierig und warte gespannt, was jetzt kommt.

»Ich liebe dich, mein Junge, das weißt du. Du bist wie ein Sohn für mich. Und ich übertrage dir das Cottage gern, weil ich sicher sein kann, dass es in gute Hände kommt. Zudem weiß ich, wie viel es dir bedeutet.«

Er lächelt und nimmt Ellens Hand sanft in seine.

»Danke, Henchen.«

»Liebend gern.«

Wow! Jamie wird der Besitzer des Cottage? Davon hat er nie gesprochen. Natürlich ist mir mittlerweile auch klar, dass er sicher am Tag der Anreise mit Ellen geredet hat. Sie sind ja verwandt.

»Dann ist es das Mindeste, dass ich euch einlade. Ich mache mal eben die Rechnung fertig. Bin gleich wieder da«, sagt er und steht auf.

Als ich allein mit Ellen bin, sieht sie mich an. »Der Junge ist wirklich ein Schatz. Und ich bin so froh, dass es ihm besser geht. Es war viel los in seinem Leben. Und dann passiert mir das mit der doppelten Buchung, trotzdem ist er so gelassen geblieben.«

»Im Gegensatz zu mir«, antworte ich und lächle.

»Ich verstehe es schon. Mir ist zu Ohren gekommen, dass du auch jemand bist, der mal rausmusste. Das hat mir Heike erzählt. Ihr habt einiges gemeinsam. Womöglich hat da ja das Leben seine Finger im Spiel. Weißt du, was ich meine?«

Ich wiege den Kopf hin und her. »Ich weiß darüber nichts, wenn ich ehrlich bin.«

»Schon gut. Ich wollte es dir nur sagen. Alles Weitere sollte Jamie dir selbst erzählen. Und ich denke, das wird er auch tun.«

»Da bin ich wieder«, sagt Jamie und tritt an den Tisch.
Ellen erhebt sich. »Na, dann wollen wir mal.«
Nachdem wir uns von ihr verabschiedet haben, sieht Jamie mich an. »So, jetzt weißt du, wer Henchen ist, du kleine Schnüfflerin. Sind damit jetzt all deine Fragen beantwortet, oder hast du noch welche?«
Ich räuspere mich. »Oh Mann. Okay, ich muss mich wirklich bei dir entschuldigen. Es war nicht richtig von mir, so von dir zu denken. Das war bescheuert. Du hast mein Gespräch mit Heike gehört, oder?«
»Das habe ich. Und mal ehrlich, muss man immer ein Drama machen, anstatt zu fragen?«
»Wie gesagt, sorry. Du hast recht, ich hätte nachfragen müssen. Ich weiß.«
»Tja. Aber die Zeit kann man nicht zurückdrehen. Schade, sehr schade. Ich dachte, du bist ...«
Ist er wirklich so sauer auf mich? »Jamie, es tut mir echt leid ...«
Mit einem Mal lächelt er. »Schon okay. Lass dich nicht schon wieder von mir veräppeln. Und nur mal so: Ich bin kein Aufreißer, sondern ein normaler schottischer Kerl, der ab und an einen herben Spruch auf den Lippen hat. Ehrlich gesagt bin ich genauso loyal wie der Jamie aus *Outlander*.«
Ich atme erleichtert durch.
»Und, was meinst du?«, fragt er. »Hast du Lust, dass wir uns noch etwas ansehen, wenn wir schon in Inverness sind? Das Schloss zum Beispiel?«

»Klar, warum nicht? Jeder hat eine zweite Chance verdient.«

»Das sehe ich auch so. Also dann, gehen wir mal los.«

Neeps und Tattis

Heike lacht, nachdem ich ihr berichtet habe, was passiert ist. »Jamie hat dich richtig hopsgenommen.«
»Das war auch irgendwie verdient. Ich hätte ihn fragen können. Aber ich war schon erleichtert, als ich die Wahrheit erfahren habe.« Ich liege im Garten, genieße die Natur und kraule Nessi.
»Du ziehst oft viel zu voreilige Schlüsse. Das hält dich auch von vielen Dingen ab. Das ist dann so … Du weißt, was ich meine.«
»Tue ich nicht.«
»Oh doch!«
»Ja, gut. Vielleicht.«
»Und Ellen ist nett, oder?«
»Sehr. Sie ist sogar der Meinung, dass wir uns ähnlich sind. Und dass bei Jamie viel los war, hat sie auch angedeutet. Ich habe jedoch keine Ahnung, was sie damit meint. Sie hat gesagt, dass er mir das sicher noch erzählen wird. Vielleicht betrifft es die Arbeit? Da ist er ausgewichen, und es scheint auf alle Fälle etwas zu sein, über das er nicht reden will. Einiges wurde von seinen Freunden auch schon angedeutet,

besonders von den Leuten auf dem Markt, die er kannte.«

»Und jetzt überlegst du? Frag ihn doch einfach danach. Was hältst du davon?«

»Stimmt schon. Wir wissen ja jetzt, dass es nichts bringt, zu spekulieren.«

»Vielleicht heute beim Abendessen?«, schlägt sie vor. »Ihr hattet einen schönen Tag, habt euch das Schloss angesehen und seid durch die Stadt geschlendert. Ist doch eine gute Atmosphäre dafür – falls du interessiert an Jamie bist.«

»Ha, du willst mich aus der Reserve locken. Aber ja, es war schön, einfach locker und entspannend, und irgendwie würde ich tatsächlich gern mehr über ihn erfahren.«

»Das klingt nach einem schönen, ungeplanten Tag. Jetzt wird es Zeit, dass der Abend auch besonders wird. Echt süß, dass er mit dir essen gehen will. Ein richtiges Date …«

»Nein, das ist kein Date. Ein Date ist doch was anderes. Ach, ich will mich da nicht so reinsteigern.«

»Fang nicht wieder damit an, Amelie. Klar bist du oft enttäuscht worden. Aber das, was dich verletzt hat, darf dir nicht die Möglichkeit auf etwas Schönes nehmen. Und erst recht nicht auf die Liebe.«

Nessi steht auf und trottet zu Jamie, der gerade durch das Gartentor kommt und mir zuwinkt. »Oh, er ist zurück. Ich sage dir Bescheid, wie es war, okay?«

»Unbedingt! Ich platze vor Neugierde. Viel Spaß«, antwortet Heike, und wir beenden unser Gespräch.

Ich stehe auf und gehe Jamie entgegen. »Hey.«
Währenddessen beginnt Nessi, an seinen Jeans zu zupfen.

»Hey. Da ist wohl jemand hungrig?« Er betritt das Cottage.

Ich folge ihm und sehe verwundert zu, wie er aus dem Rucksack einige Lebensmittel herausholt. »Was hast du damit vor?«, frage ich. »Ich dachte, wir gehen essen?«

»Planänderung. Ich koche für uns. Ist zwar ein einfaches Gericht, aber typisch schottisch. Das Rezept stammt von meiner Oma, ich habe es nur ein wenig in die vegetarische Version abgewandelt.«

»Wirklich? Also, ich esse Fleisch.«

»Auch Schaf?«

Ich verziehe den Mund und sehe zu Nessi, die auf dem Teppich liegt. »Lieber nicht.«

»Das dachte ich mir. Also? Fangen wir an? Falls du mitmachen möchtest ...«

»Klar, warum nicht?«, entgegne ich, während Jamie weitere Zutaten wie Zwiebeln, Karotten und Kartoffeln auspackt. Ich mag, wie er sich bewegt und wie sich seine Muskeln dabei anspannen. Und dass wir jetzt zusammen kochen, lässt mein Herz ebenfalls höherschlagen.

»Das hier ist wichtig«, sagt er und zieht eine Tüte mit frischen Kräutern aus der Seitentasche des Rucksacks.

Er reicht mir den Beutel, und ich sauge den Geruch tief in meine Lunge ein. »Das riecht aber gut. Woher hast du das alles?«

»Ich war bei Sally und Jeffrey im Feinkostgeschäft. Und die Kräuter habe ich aus dem Garten meiner Eltern. Mein Papa war übrigens sehr neugierig und wollte unbedingt wissen, für wen ich koche.« Jamie lacht.

»Und was hast du ihm gesagt?«

»Nur, dass ich mir mit einem verrückten Mädchen das Cottage teile.«

»*Das* hast du gesagt? Verrückt? Also bitte.« Ich verschränke die Arme vor der Brust.

»Es war lieb gemeint, also im guten Sinne.«

»Gerade so gerettet ... Und, was werden wir jetzt kochen?«

Wieder verschmelzen unsere Blicke. Oh Mann! Diese Augen. Sie wirken einfach so anziehend auf mich. So wie Jamie.

»Wir machen Haggis mit Neeps und Tatties, aber wie gesagt die vegetarische Version ohne Schaffleisch. Bist du bereit? Ich bin gespannt, wie es dir schmeckt.«

»Mäh!«, macht Nessi und schaut uns beide abwechselnd an.

»Kein Schaf, Nessi. Das ist vegetarisch. Also keine Sorge, wir essen keinen deiner Freunde.«

Nessi wendet sich ab und scheint beruhigt.

Jamie lacht erneut. Einen Moment sehen wir uns intensiv an, und ich versinke abermals in seinen Augen. Mein schneller Herzschlag ist deutlich zu spüren.

»Hat Nessi das verstanden?«, frage ich.

»Bestimmt. Also, dann legen wir mal los.«

Wir schneiden zuerst das Gemüse. Die Zwiebeln werden mit dem Knoblauch im heißen Öl angebraten. Es landen noch Karotten, Champignons, Sonnenblumenkerne, Piment, Salz, Pfeffer, Thymian und Muskatnuss im Topf. Zum Schluss folgen Brühe und Linsen. Ein köstlicher Duft breitet sich in der Küche aus, während Jamie noch Haferflocken untermischt. Musik läuft im Hintergrund, nachdem er auf dem Handy eine Playlist angestellt hat.

»So, das kommt jetzt in eine Auflaufform und wird eine gute Stunde gebacken. In der Zwischenzeit können wir den Tisch decken und die Soße anrühren«, erklärt er. Nachdem Jamie die Form in den Ofen geschoben hat, stellt er zwei Töpfe auf den Herd. »Fast vergessen. Wir haben noch mehr zu erledigen. Hier kommen die Rüben und Kartoffeln für das Püree rein, in den anderen Topf die Soße. Dafür brauchen wir Knoblauch, Sahne, die Kräuter, Essig und Senf.« Jamie grinst mich an, als er eine Flasche Whisky präsentiert. »Der ist ganz wichtig. Und Ahornsirup.«

Der Duft, der aufsteigt, ist einzigartig. Wie wohl am Ende alles schmecken wird?

Wir reden nicht viel, nur über das Essen und die Zubereitung. Bei jeder Berührung – absichtlich oder aus Versehen – habe ich das Gefühl, dass mein Herz etwas schneller schlägt.

»Es dauert nicht mehr lange. Decken wir den Tisch?«, fragt Jamie nach einem Blick auf die Uhr.

»Ich kümmere mich darum.« Ich mache es uns gemütlich, breite eine Decke auf dem Tisch aus, platziere eine Kerze in die Mitte und stelle die Teller ab.

Tatsächlich vergeht die Zeit wie im Flug, und schließlich sitzen wir zusammen am Tisch.

»Jetzt bin ich aber gespannt«, sage ich.

Jamie nickt. »Lass es dir schmecken.« Doch dann hebt er eine Hand und springt auf. »Ach, es fehlt noch was.« Er stellt eine Flasche Wein mit zwei Gläsern auf den Tisch und schenkt uns ein. Schließlich hebt er sein Glas und sieht mir tief in die Augen. »Auf einen weiteren ungeplanten und vor allem netten Abend.«

»Auf einen weiteren ungeplanten und vor allem netten Abend«, wiederhole ich.

Wir stoßen an. Der Wein hat eine warme und zugleich frische Note.

Als ich mir den ersten Bissen Haggis in den Mund geschoben habe, bin ich von den Aromen und dem Geschmack überwältigt. »Wow! Du hast wirklich Talent, Jamie. Woher kannst du so gut kochen? Das schmeckt echt gut. Hätte ich nicht gedacht.«

»Meine Oma hat mich oft in der Küche eingespannt, und mir macht es Spaß.«

»Wirklich sehr lecker«, lobe ich ihn, dann genießen wir das Essen. »Vermisst du deine Familie nicht, wenn du in Deutschland bist?«, möchte ich nach einer Weile wissen.

»Klar. Umso schöner ist es, wenn ich sie besuche.«

»Hast du sie schon gesehen?«

»Natürlich. Als du das erste Mal in Inverness warst, habe ich meine Eltern besucht. Meine Schwester war auch da. Und mein Bruder.«

»Das ist schön.«

»Siehst du deine Eltern oft?« Fragend blickt er mich an.

»Nein, nicht besonders. Ich musste sehr früh lernen, allein zurechtzukommen. Meine Eltern waren kaum da, und vielleicht habe ich auch deswegen immer das Gefühl, alles planen zu müssen, damit nichts schiefgeht. Das zieht sich bei mir durch wie ein roter Faden. Weißt du, was ich meine?«

»Ja. Dann warst du vermutlich oft allein?«

»Die Arbeit war bei beiden immer viel und hat sie stark beansprucht. Deswegen habe ich stets versucht, auf jede Situation vorbereitet zu sein. Kannst du das verstehen?«

»Das kann ich. Ich kenne das Gefühl ebenfalls«, sagt er mit einem Mal.

Damit habe ich nicht gerechnet. »Ach ja? Du? Mister Lockerheit persönlich?«

»Das war nicht immer so.« Er sieht mich an, und ich bemerke sofort die Traurigkeit in seinem Blick.

Zu gern möchte ich wissen, was Jamie noch zu verbergen hat und was hinter seiner Fassade steckt.

Nun greift er nach meiner Hand. »Die letzte Zeit war nicht so einfach für mich«, sagt er beinahe tonlos. »Als wir am Steinkreis waren, hast du mich gefragt, was ich ändern würde, wenn man in der Zeit reisen könnte. Tatsächlich gibt es da etwas.«

»Und was?«, frage ich vorsichtig.

»Ein Freund von mir, Henry … er ist vor vier Monaten gestorben. Einfach so von heute auf morgen. Herzinfarkt.«

»Das tut mir so leid.« Ich reiche ihm meine andere Hand, und er ergreift sie ebenfalls.

»Danke. Es war schlimm für mich. Danach war ich total neben der Spur. Alles, was ich geplant hatte, war nicht mehr wichtig. Ich habe den Sinn darin nicht mehr gesehen und es nur noch hinterfragt. Weißt du, früher habe ich immer alles auf den nächsten Tag geschoben, so nach dem Motto: Ja, das kann man irgendwann mal machen. Aber auf einmal gab es dieses Irgendwann nicht mehr, und ich musste mitansehen, wie schnell es vorbei sein kann.« Er atmet tief durch. »Auch Henry hatte immer so viele Wünsche, die er ›irgendwann‹ mal angehen wollte, doch dazu ist er nicht mehr gekommen. Da habe ich begriffen, dass man das Leben nicht planen kann. Ich habe viel gearbeitet, mich fast verrückt gemacht, aber plötzlich ergab nichts mehr einen Sinn. Danach bin ich erst mal losgezogen. Ich wollte reisen, irgendwas tun, das mich wieder zurück auf den Weg bringt.«

»Ich kenne das Gefühl. Vielleicht habe ich mich deswegen auch immer zu viel in der Arbeit und meiner Routine vergraben. Mir fällt es schwer, mich zu öffnen. Ich wollte nicht verletzt werden.« Ich seufze. »Irgendwie war da immer dieser Gedanke, dass ich stärker bin, wenn ich die Kontrolle habe.«

»Aber man kann sich nicht vor Verletzungen schützen. Man kann nur versuchen, das Beste aus allem zu machen. Genau das habe ich für mich mitgenommen. Verstehst du?«

»Ja, das tue ich. Und ich bin froh, dass Heike immer an meiner Seite war. Sie wollte mich unaufhörlich dazu bringen, mal loszulassen.«

»Und sie hat das hammermäßige Cottage gebucht.«

Jetzt muss ich lächeln. »Zugegeben, es ist schon hammermäßig.« Wieder sehen wir uns intensiv an. »Ich denke, ich wollte das vielleicht auch«, sage ich. »Denn mal ehrlich, ich hätte die Reise nicht antreten müssen. Aber irgendwas war da ja doch in mir. Etwas, das mir gesagt hat, dass ich mal ausbrechen sollte. Und ich wollte auch raus, weil …«

»Weil?«

»Ich habe angefangen, an dem Konstrukt, das ich mir selbst geschaffen hatte, zu zweifeln. Denn …« Ich senke den Blick. »Du hast mich im Flugzeug gefragt, ob ich Liebeskummer hätte. Das stimmte zwar nicht direkt, aber irgendwie doch. Natürlich habe ich mich nach der Liebe gesehnt, und das kann Liebeskummer ja auch bedeuten. Dass man sich danach sehnt, mal wieder zu lieben. So wie in Filmen, so wie in *Outlander*. Und ich habe mir gewünscht, mal jemanden zu finden, der mich verrückt macht. Dass es der Typ ist, der neben mir im Flugzeug sitzt, habe ich allerdings nicht erwartet.«

Er lächelt. »Dann mache ich dich verrückt?«

»Ein wenig.«

Auf einmal scheint die Luft um uns herum zu flirren. Aber Nessi reißt uns aus der romantischen

Stimmung und sieht uns mit großen Augen an.
»Mäh!«
»Und du machst mich auch verrückt, Nessi.« Ich seufze leise. »Na schön, dann lass uns mal den Tisch abräumen.«
Jamie und ich stehen auf. Ich weiß nicht, was los ist, doch die Nähe zwischen uns beiden ist mit jedem Atemzug immer deutlicher spürbar. Die Anziehung und die Sehnsucht. Als ich Jamie meinen Teller reiche, spüre ich, wie meine Hand flüchtig, aber gewollt seine berührt. Er hält einen Moment inne, bevor er seine Finger sanft um meine legt.
»Mäh!«
Unsere Hände lösen sich voneinander. »Ob Nessi Hunger hat?«, frage ich, weil mir nun ein merkwürdiger Geruch in die Nase steigt.
»Vermutlich muss sie eher raus. Riechst du das? Ich glaube, das war ein Pups.« Jamie lacht und fächert sich Luft zu.
»Oh Gott! Ja, ich rieche es«, antworte ich kichernd. »Mensch, Nessi, du versaust gerade echt die Stimmung«, schimpfe ich, während ich die Tür öffne, um Nessi in den Garten zu lassen.
Schon tapst das Schaf nach draußen.
»Aber wenigstens hat sie nicht ins Haus gemacht, das ist doch schon mal was.«
»Das stimmt.« Ich mustere Jamie erneut.
»Ich weiß, das war nicht der Plan, aber ...« Er tritt näher an mich heran.
»Aber?« Mein Blick fällt auf seine Lippen, die mich förmlich zu einem Kuss einladen. Und dann tue

ich es einfach. Ich stelle mich ganz nah vor Jamie und küsse ihn. »Das musste ich jetzt tun«, sage ich und zwinkere ihm zu.

Nessi kommt zurück ins Haus, und ich schließe die Tür. Dann legt sie sich erneut auf den Teppich.

»War es das schon?«, frage ich Jamie mit rauer Stimme.

Er schlingt die Arme um meine Taille. »Kommt darauf an«, flüstert er mir ins Ohr.

»Auf was?«

»Was du für den restlichen Abend geplant hast.« Er streicht mit den Lippen über meine Wange.

»Ich habe gar keinen Plan. Und weißt du was? Das ist auch gut so«, murmle ich.

Und schon küssen wir uns wieder.

Die Sache mit der Zeit

»Mäh!« Nessi steht neben dem Bett und sieht uns etwas vorwurfsvoll an.

»Ich glaube, sie will, dass wir langsam aufstehen – nicht nur, um die Tür zu öffnen«, sagt Jamie, während er mir federleicht über den Bauch streicht.

Ich lächle. »Also wirklich, Nessi. Gönn uns doch auch mal ein bisschen Ruhe. Du kannst doch tun, was du möchtest. Friss Gras, wenn du Hunger hast, oder mach was anderes.«

»Mäh!«, gibt sie zur Antwort, rührt sich aber nicht vom Fleck.

Die Sonne scheint ins Zimmer, und ich fühle mich heute Morgen, als wäre das alles hier ein schräger, jedoch romantischer Traum. Die vielen Küsse, die aufregende Nacht …

Ich sehe Jamie an. »Wenn mir das einer noch vor wenigen Tagen gesagt hätte, hätte ich nie geglaubt, dass ich jemals mit einem Schaf und einem Schotten im Bett liegen würde.«

Jamie grinst. »Also, Nessi liegt nicht im Bett. Bring sie nicht auf dumme Gedanken.«

»Mäh!«

Er hebt eine Augenbraue, als das Schaf nun ein Bein auf die Bettkante stellt. »Untersteh dich, Nessi!«, ruft er, und sie zuckt zurück.

Ich lache. Ich lache so sehr, dass ich kurz fürchte, keine Luft mehr zu bekommen.

»Das findest du lustig, hm?« Jamie zieht mich zu sich heran und küsst mich auf die Wange.

»Es ist lustig, sehr lustig sogar.« Ich drehe mich in seinen Armen um. Jamie ... Seine grünen Augen ruhen auf mir, während ich mit den Fingern zärtlich durch seine verwuschelten rotblonden Haare streiche.

»Dann stehen wir mal auf, oder was meinst du?« Er stützt sich auf einen Ellbogen, mustert mich liebevoll, beugt sich vor und drückt seine warmen Lippen auf meine.

»Wenn du damit weitermachst, stehe ich sicherlich nicht auf«, antworte ich.

»Das müssen wir ja auch nicht. Wir können tun, was wir wollen. Uns treiben lassen.«

»Und das ist genial.« Ich strecke ihm meine Lippen entgegen. Wieder küssen wir uns, und Jamie drückt mich noch enger an sich.

Er hat recht. Wir können tun, was wir wollen. Ganz ohne Plan. Ich spüre so sehr, wie mir das gefehlt hat.

»Ich kann mich nicht daran erinnern, mich jemals so gut gefühlt zu haben wie jetzt.«

»Schön, oder?«

»Viel zu schön.«

Seine Hände legen sich um meinen Körper, streicheln mich, und ich genieße es.

»Ich könnte das immer so haben.«

»Ja, da sagst du was«, flüstert Jamie.

»Mäh!«

»Nessi, du Nervensäge! Ernsthaft jetzt?«

»Ich mache uns mal Kaffee und Frühstück«, meint Jamie, und prompt beginnt mein Magen zu knurren.

Von Nessi ist darauf ein erneutes »Mäh!« zu hören.

»Oh, bestimmt hat sie auch Hunger?«

»Kann gut sein.«

»Na gut, dann stehen wir eben alle auf«, sage ich.

Kaum sind wir in der Küche angekommen, zieht Jamie mich an sich und sieht mir tief in die Augen.

»Kann es nicht immer so bleiben?«, rutscht es mir mit einem Mal heraus. Doch in dem Moment wird mir klar, dass dies nicht möglich ist. Und dass das hier, was immer es auch ist, schon in zwei Tagen vorbei sein wird. Beim Gedanken daran spüre ich einen kleinen Stich in der Brust.

Als hätte Jamie es bemerkt, küsst er meine Wange. »Nicht so viel nachdenken.« Er nimmt meine Hand und streichelt sie sanft.

»Klar, mach ich nicht.«

Er lacht. »Ach ja?«

»Ich versuche es zumindest.«

Und doch frage ich mich, wie es danach weitergeht. Wenn ich daran denke, bald wieder im Flugzeug zu sitzen, bekomme ich eine leichte Panik. Aber ich weiß auch, dass es keinen Sinn ergibt, mich jetzt schon verrückt zu machen.

    Nun stelle ich mir nicht mehr vor, wie es wäre, in der Zeit zu reisen. Nein, viel lieber würde ich die Zeit einfach nur anhalten können.

*Ohne Risiko kann man
keine spannenden Geschichten
schreiben.*

Wie im Märchen

»Was hast du eigentlich mit dem Cottage vor?«, will ich wissen, als wir später am Wasser liegen.

Wir sind nur vierzig Minuten mit dem Bus gefahren, um nach South Kessock zu kommen und uns dort an den Hafen zu setzen. Die Umgebung rund um den Ness wirkt magisch auf mich, und ich genieße es, die Sonne auf meiner Haut zu spüren. Wir sind spontan und ohne Plan aufgebrochen, und ich bin froh, es gemacht zu haben.

»Ich möchte ein paar Umbauten vornehmen und spiele mit dem Gedanken, hierzubleiben.«

»Wirklich? Du willst alle Zelte in München abbrechen?«

»Gerade hält mich dort nichts mehr. Ein Traum von mir wäre auch, Führungen anzubieten. Mal sehen. Aber ich mache mich deswegen nicht verrückt, sondern vertraue darauf, dass mich das Leben richtig leitet.«

»Das klingt gut, Jamie.«

»Ach ja? Kannst du dir plötzlich doch vorstellen, in der Einöde zu leben?«

»Vielleicht?«

»Ein Wunder ist geschehen!«, ruft er auf einmal, und ich kichere.

»Hör auf. Schrei nicht so.«

Doch Jamie steht auf und ruft noch einmal: »Ein Wunder ist geschehen!«

»Spinner!«

Er setzt sich wieder zu mir. Mein Blick schweift über das Wasser. Alles zwischen uns ist so vertraut. Ich lehne mich an Jamie und genieße es, einfach die Seele baumeln zu lassen.

»Hast du Lust, morgen meine Familie kennenzulernen?«, fragt er nach einiger Zeit.

Ich sehe ihn erstaunt an. »Ehrlich? Deine Familie? Ist das nicht ein bisschen früh?«

Jamie lacht. »Warum das?«

»Na ja, wenn man nach Plan geht, dann ...« Sein Grinsen lässt mich kurz verstummen. »Stimmt. Warum sollte man da einen Plan haben? Also ja, sehr gern.«

»Es ist nur eine kleine Familienfeier, und mein Vater grillt. Das sollte man nicht verpassen.«

»Dann bin ich mal gespannt«, sage ich und blicke wieder über den See, der an den Ness angrenzt. »Schon heftig, wenn du hierbleibst. Ist das nicht auch, als würdest du ins kalte Wasser springen?«

»Ein wenig vielleicht. Aber wenn man nicht das tut, was man sich wünscht, und es nicht wenigstens versucht, dann wird man nie erfahren, ob man vielleicht ganz leicht schwimmen kann.«

»Da hast du recht.« Die Gedanken wirbeln in meinem Kopf wild umher. Ich möchte auch gerne springen, mehr von der Welt sehen, weiß aber nicht so recht, woher die Idee kommt. Sie ist einfach so da. In mir. Mich wieder ins Büro zu setzen, scheint mir auf einmal so fern.

»Was ist los?«, fragt Jamie mich, als ich seufze.

»In zwei Tagen ist der Urlaub vorbei.«

Er zieht mich enger an sich.

»Ich weiß, Jamie. Keine Pläne machen und so. Dennoch frage ich mich, was aus allem hier wird.« Jetzt habe ich es ausgesprochen. Einfach so.

»Ich weiß es nicht. Aber wir finden es schon heraus.«

Klar, wie soll er es wissen, wenn nicht mal ich selbst es weiß?

»Gerade wirkt alles wie in einem Märchen. Ich mag das.«

»Ich auch«, flüstert er.

Dann sagen wir nichts mehr. Wir beide wissen, wie die Sache mit Märchen ist. Es sind eben nur Märchen, und die werden meistens nicht wahr.

Nicht aus der Welt

»Was ist los?«, fragt Heike, als ich sie am Handy habe. »Du klingst so bedrückt.«

Jamie ist gerade im Garten, und ich war duschen. Auch der heutige Tag war wieder unglaublich schön. Wir machen so viel zusammen, dass die Zeit beinahe verfliegt, selbst wenn wir nichts tun, sondern nur unser Beisammensein genießen. Wir haben heute lange geschlafen und anschließend gemeinsam den Zaun gestrichen. Weil am Abend die Familienfeier stattfindet, möchte ich mich gleich fertig machen. Und morgen Nachmittag geht es schon wieder zurück nach Deutschland. Gerade wirkt die Abreise so weit weg und doch viel zu nah.

»Morgen ist das alles hier vorbei«, sage ich mit einem traurigen Klang in der Stimme.

»Und jetzt willst du nicht mehr gehen?«

»Am liebsten nicht. Momentan kann ich mir gar nicht vorstellen, wieder im Büro zu sitzen und all das.«

»Das verstehe ich. Ach, Amelie …«

»Ich meine, was soll Nessi ohne mich machen?«

Heike lacht. »Jaja, alles nur wegen Nessi, hm?«

»Sie wird nicht verstehen, warum ich nicht mehr da bin.«

»Tja, wer hätte das noch vor einigen Tagen gedacht? Ich denke, du am allerwenigsten.«

»Stimmt.«

»Ihr könnt euch doch wiedersehen. Ihr seid nicht aus der Welt.«

»Nicht aus der Welt, aber dennoch ... Heike, ist das nicht verrückt? Man kann sich in so kurzer Zeit nicht so sehr in jemanden verlieben. Das ist doch bescheuert.«

»Wenn die Liebe zuschlägt, kann man sich nicht dagegen wehren. Ich habe dir immer gesagt, das kann man nicht planen.«

»Ja, das hast du«, antworte ich und seufze. Ich blicke nach draußen in den Garten, wo Jamie gerade Nessi streichelt. Dann wende ich mich ab. »Als ich gestern mit ihm am See war, dachte ich, ich würde auch mal gern ins kalte Wasser springen. Ich will einfach ... na ja, erst mal mehr Zeit haben, um herauszufinden, was ich möchte. Mal ehrlich, ich habe mir immer so viele Gedanken gemacht, wie man die Zeit zurückdrehen könnte, um Dinge zu ändern, dabei ist es ganz anders. Gerade will ich nicht mehr in der Vergangenheit hängen. Ich will sie loslassen, die Zeit anhalten und sie nutzen. Aber wie? Sag mir bitte, wie ich das anstellen soll.«

»Warum nimmst du dir nicht einfach die Zeit?«

»Wie denn? Ich habe eine Wohnung, eine Arbeit – und dich ...«

»Ach, meinetwegen brauchst du dir keine Gedanken zu machen. Ich bleibe dir erhalten, glaub mir.«

»Danke, dass du dieses Cottage gebucht hast. Du kennst mich besser, als ich selbst es tue.«

»Tja, da siehst du mal. Ich habe dir einen heißen Schotten und ein Schaf beschert.«

»Und den besten Sex meines Lebens. Ja, der Sex ist wirklich …« Ein Räuspern reißt mich aus dem Gespräch. Als ich mich umsehe, steht Jamie in der Tür. »Oh, Heike, ich muss auflegen. Ich melde mich noch mal.«

»Das hat er jetzt wieder gehört, oder? Ich kann nicht mehr.« Sie lacht sich kaputt.

»Jaja«, murmle ich nur noch und lege auf.

Jamie grinst. »Das ist eine Ehre. Der beste Sex deines Lebens?«

»Kann sein.« Ich grinse zurück.

Er setzt sich zu mir aufs Bett und sieht mich ernst an. »Aber irgendwie finde ich es auch schade, dass du mich nur darauf reduzierst.«

Ich kneife ihn liebevoll in die Wange. »Tja, das Leben ist tragisch, wenn man so einen Prachtkörper hat.«

Jetzt lacht er. »Stimmt, Amelie, das habe ich gesagt.«

»Und ich dachte mir, der Kerl hat sie doch nicht alle.«

»Ich fand dich auch ziemlich … *verrückt*, mit all deinen Weckern.«

»So kann man sich täuschen«, flüstere ich, und unsere Blicke liegen aufeinander.

»Ich mag dich, Amelie«, haucht er plötzlich.

»Ich mag dich auch, Jamie. Und deinen Prachtkörper«, witzele ich. Er lässt sich mit seinem ganzen Gewicht auf mich fallen, und ich kichere, obwohl ich kaum Luft bekomme. »Du bist schwer, geh runter.«

Doch dann küssen wir uns, und plötzlich ist alles wieder so leicht.

Verrücktes Leben

Fasziniert betrachte ich das imposante Herrenhaus. Der Klang von fröhlichem Gelächter und angeregten Gesprächen dringt durch die Luft zu uns, während wir darauf zugehen. Es scheint, als sei hier ein lebhaftes und geselliges Familientreffen im Gange.

»Ist das ein Scherz, Jamie? Als du sagtest, es sei ein kleines Familienessen, habe ich nicht damit gerechnet, so etwas hier zu sehen.«

Er zuckt grinsend mit den Schultern.

»Seid ihr adelig oder so?«, hake ich nach und mustere das Anwesen erneut.

Wow. Das Herrenhaus sieht richtig majestätisch aus. Die Fassade besteht aus grauen Steinen und hohen, schlanken Fenstern mit filigranen Sprossen. Das Dach ist mit schwarzem Schiefer gedeckt. Die hohen Hecken und blühenden Blumenbeete im Garten wirken äußerst gepflegt.

»Nein, warum sollten wir adelig sein?«

»Na ja, deswegen.« Ich deute auf das Haus.

»Wir sind nicht direkt adelig, aber das Anwesen unserer Familie hat eine lange Geschichte. Es ist seit

Generationen in unserem Besitz. Du weißt doch, der Whisky ...«

Ich werfe ihm einen Blick von der Seite zu. »Toll, jetzt bin ich nervös. Muss ich auf irgendwas achten? Ich will ja nicht ...«

»Das musst du nicht. Sei einfach du selbst, das reicht vollkommen. Kein Plan, alles ist gut. Okay?«

»Wenn du das sagst.«

Wir erreichen den Garten hinter dem Haus, in dem ein langer Tisch aufgestellt ist. In der Luft hängt ein unglaublich wohltuender Duft nach Blumen und frisch gemähtem Gras.

Eine Frau mit blonden Haaren und braunen Augen kommt auf uns zu. Sie trägt einen leichten rosafarbenen Rock und eine weiße Bluse. »Jamie!«, ruft sie und umarmt ihn herzlich. Dann sieht sie zu mir. »Hey. Und du bist sicher Amelie?«

»Genau.« Wir schütteln uns die Hände.

»Freut mich. Ich bin Anna, Jamies Mama. Kommt mit.« Sie führt uns zum Tisch. Die vielen Leute, die dort sitzen, freuen sich offensichtlich ebenfalls, Jamie zu sehen. »Ihr Lieben, Jamie hat einen Gast mitgebracht. Das ist Amelie.«

Alle lächeln mich an, unter anderem ein Mann mit ebenfalls grünen Augen. Es ist unübersehbar, dass er und Jamie verwandt sind.

»Jamie, mein Sohn! Und hallo, Amelie. Herzlich willkommen bei uns«, sagt er.

Wusste ich doch, dass er Jamies Vater ist.

»Freut mich«, antworte ich. Dann erkenne ich Jamies Bruder, der ihm ebenfalls sehr ähnlichsieht, und seine Schwester, die allerdings braune Augen wie ihre Mutter hat.

»Es freut uns, dass Jamie dich mitgebracht hat, Amelie«, sagt sein Bruder lachend, als wir uns setzen. »Ich hoffe, du hast Hunger und Whiskydurst?« Und seine Schwester fügt hinzu: »Wird Zeit, dass er uns eine Frau vorstellt. Wir waren so gespannt.«

»Ehrlich?«, entfährt es mir.

»Ja, erst hat er geflucht, aber dann ... Ich wusste gleich, dass da was im Busch ist.«

»Du hast dich über mich aufgeregt?« Ich sehe Jamie streng und mit erhobenem Zeigefinger an.

»Als ob du dich nicht über mich aufgeregt hättest.«

»Tja, was sich neckt, das verliebt sich. Sagt man das nicht irgendwie so?«, ruft Jamies Vater.

Ich lache. Es ist so schön, wie herzlich und offen alle sind. Und Humor haben sie auch.

Ein älterer Mann kommt an den Tisch. Als ich ihn ansehe, durchfährt mich ein kleiner Blitz. Das gibt's ja nicht!

»Na, so was!«, ruft er und stellt eine Platte mit gegrilltem Fleisch auf dem Tisch ab. Es ist der Mann, den ich am Fluss getroffen habe und der mir das Steineschnippen gezeigt hat. »Das ist ein Zufall. Wir sind uns ja schon vor ein paar Tagen begegnet. Schön, dass es Ihnen jetzt gut geht.«

Fragend sieht Jamie mich an, und auch die anderen wirken verwundert.

»Opa, kannst du bitte mal nicht in Rätseln sprechen?«, sagt Jamies Schwester.

161

Erstaunt frage ich den Mann: »Sie sind Jamies Großvater?«

Jamies Augenbrauen wandern in die Höhe. »Jetzt bin ich wirklich neugierig. Woher kennt ihr euch?«

»Kennen ist übertrieben«, entgegnet sein Opa und setzt sich. »Sie hat betrübt am Ness gesessen, als ich gerade Steine gesucht habe.«

»Das ist ja was.« Jamie umfasst meine Hand.

»Er hat mir die Tradition des Steineschnippens erklärt«, füge ich hinzu.

Jamie lächelt. »Und? Hast du es versucht?«

»Ja, das hat sie. Hat leider nicht geklappt. Ich habe ihr gesagt, sie muss erst loslassen.« Er wendet sich mir zu. »Haben Sie es denn inzwischen noch mal ausprobiert?«

Ich schüttle den Kopf.

»Aber Sie sehen viel entspannter aus. Am Ende war doch alles nicht so schlimm, oder?« Er zwinkert mir zu, sodass die Falten um seine Augen noch tiefer werden.

»Nein, tatsächlich nicht. Ich habe mich dann sogar entschieden, mit dem Fremden im Cottage zu bleiben – und na ja ...«

»Der Fremde war Jamie?«

»Ja, so ist es.«

Er schlägt belustigt mit der flachen Hand auf den Tisch. »Wenn ich das gewusst hätte. Das Leben ist schon verrückt.«

»Darauf trinken wir! Auf das verrückte Leben!« Jamies Papa hebt sein Glas, und alle tun es ihm gleich. »Auf das verrückte Leben und die Pläne, die es schmiedet.«

Wir essen, trinken, und ich fühle mich bei Jamies Familie mehr als gut aufgehoben. Alle sind ausgelassen und lachen viel. Ab und zu greift Jamie unter dem Tisch nach meiner Hand, dann kribbelt es sofort wieder in meinem Bauch. Ich möchte nicht daran denken, dass morgen alles vorbei ist.

»Und ihr habt euch durch das Cottage kennengelernt?«, will Jamies Mutter nach einiger Zeit wissen.

Ich schüttle den Kopf. »Eigentlich hatten wir uns bereits im Flugzeug getroffen. Wir hatten nebeneinandergesessen.«

»Wirklich? Und dann gab es den Fehler bei der Buchung?«

»Genau.«

Jamie fügt hinzu: »Eigentlich wollte Amelie mit ihrer Freundin Urlaub machen, die hat sich allerdings das Bein gebrochen. Deswegen war der Platz neben ihr frei, und ich konnte noch ein Ticket kaufen. Und Henchen hat wohl das Datum verwechselt.«

Sie lächelt. »Das sieht Henchen gar nicht ähnlich, sie macht sonst nie Fehler.«

»Das stimmt wohl«, pflichtet Jamies Vater ihr bei. »Doch diesmal war es wohl ein guter Fehler. Hört sich aufregend an, was ihr erlebt habt. Aber weil wir von Henchen reden – wo bleibt sie eigentlich?«

»Sie wird schon gleich da sein«, meint Jamies Schwester.

Ah, Ellen wird also auch kommen. Ich muss gestehen, dass ich mich darauf freue.

Wir stoßen erneut an, dann erklingt Musik. Jamies Vater steht auf und reicht seiner Frau die Hand, um sie zum Tanz zu bitten.

»Das ist ja schön. Macht ihr das öfter?«, frage ich Jamie.

»Natürlich. Wir sind Schotten. Möchtest du auch?«

Ich winke ab. »Nein, ich ...«

Doch da steht er schon auf und reicht mir seine Hand.

»Nein, wirklich nicht.«

Grinsend schaut er zu mir herab. »Doch, doch, Amelie.« Er zieht mich auf die Beine. »Bereit, einen schottischen Tanz kennenzulernen?«

»Ich kann wirklich nicht tanzen.«

»Das wird schon. Ich führe dich, mach dir keine Sorgen. Also komm.« Er zwinkert mir zu und umfasst meine Hand fester.

»Na gut. Lass uns tanzen.«

Er dirigiert mich zur improvisierten Tanzfläche. Das Lied, das gerade gespielt wird, hat einen schnellen Rhythmus, und wir hopsen beinahe über die Wiese. Ich muss lachen, weil es wirklich lustig ist, und ich Mühe habe, nicht über meine Füße zu stolpern oder Jamie auf die Zehen zu treten.

»Nicht denken«, sagt er, und mit der Zeit gelingt es mir.

Jamies Eltern und Geschwister tanzen ebenfalls, und es macht mir unglaublich viel Spaß. Wir bewegen uns im Einklang mit der Musik, und ich spüre die Verbundenheit in jeder Drehung und jedem

Schritt. Obwohl der Tanz schnell ist, treffen sich immer wieder unsere Blicke, worauf es in meinem Körper jedes Mal aufs Neue zu kribbeln beginnt. Diese Leichtigkeit in Jamies Nähe, was er mit mir macht, was er aus mir herausholt – etwas, das ich niemals für möglich gehalten hätte. Da musste ich erst nach Schottland fliegen, um das zu erkennen.

Es ist ein Gefühl, das ich nicht kannte, weil ich mir immer selbst Mut zusprechen musste und alles planen wollte. Doch damit ist jetzt Schluss – egal, wie das mit Jamie und mir ausgeht. Die Musik treibt uns voran, während wir uns enger aneinanderschmiegen.

Als der Tanz langsam seinem Ende entgegengeht, baut sich die prickelnde Spannung zwischen uns weiter auf. Wir halten uns fest umschlungen, während die Musik leiser wird.

»Na also, geht doch. Du tanzt super, Amelie.«

»Ich bin nur gehoppelt wie ein Hase.«

Jamie lacht, dann schlendern wir Arm in Arm zurück zum Tisch, an dem inzwischen auch Ellen Platz genommen hat.

»Hallo, ihr beiden. Na, das war aber schön«, ruft sie uns entgegen.

»Nicht so, als würde Jamie mich über die Wiese schleifen?«, scherze ich.

Sie zwinkert mir zu. »Nein, es sah sehr gut aus. Und innig.«

»Ich bin gleich wieder da«, sagt Jamie, und ich setze mich währenddessen neben Ellen.

»Mir scheint, als hätte sich da noch etwas zwischen euch vertieft. Kann das sein?«, will sie wissen.

»Ja, er hat mir einiges erzählt.«
»Die Sache mit …?«
»Henry?«
»Das hat ihn sehr mitgenommen, Amelie. Ich bin froh, dass er jetzt wieder strahlt. Und ich mag seinen Plan für das Cottage. Deswegen musste ich es ihm einfach geben. Ich weiß, er wird etwas Tolles daraus machen. Er hat in den letzten Jahren so viel gearbeitet. Aber das ist nicht alles.«
»Im Endeffekt verfliegt die Zeit, und man weiß nicht, wofür man sie genutzt hat. Ich war auch immer so verbissen, alles kontrollieren zu müssen. Ich hätte mir nie dieses Cottage gemietet. Und jetzt … Ich bin Heike unendlich dankbar dafür, dass sie das organisiert hat.«
»Ja, sie hat mir erzählt, wie wichtig es ist. Und was so ein kleiner Zahlendreher ausmacht …« Ihr Blick liegt auf mir. »Ich mache eigentlich selten Fehler, doch bei eurer Buchung war es wirklich verrückt. Als ob das Leben wollte, dass ihr euch begegnet. Ich hoffe, ihr macht etwas draus.«
»Morgen ist mein Urlaub leider vorbei, und ich bin wieder weg. Dennoch war es wichtig, denn die wenige Zeit mit Jamie hat mir mehr gegeben als die ganzen letzten Jahre. Für mich.«
»Das verstehe ich. Und es freut mich sehr.«

Ohne Risiko keine Geschichten

Nachdenklich stehe ich vor dem hübschen Teich im hinteren Teil des Gartens und starre auf das Wasser.

Plötzlich taucht Jamies Großvater neben mir auf. »Na, schon ein Abenteuer bisher gewesen, oder?«

»Oh ja, das kann man so sagen«, antworte ich und sehe zu Jamie, der gerade mit seiner Schwester redet. Sie hat ihn kurz zur Seite genommen.

»Und, haben Sie noch mal versucht, den Stein zu schnippen?«

Ich schüttle den Kopf. »Aber soll ich Ihnen was verraten?« Ich greife in meine Hosentasche und nehme den Stein heraus. »Ich habe ihn immer dabei.«

»Das freut mich.«

»Ja, die Worte haben mir gutgetan. Und ganz ehrlich, das alles hier ist wie in einem Traum. Beinahe so, als wäre ich in ein anderes Leben gefallen. Und das ist verrückt.«

»Nun, in uns allen steckt so viel mehr, als wir glauben. Wir müssen es nur entdecken.«

»Wissen Sie, ich wollte mehr aus einer Laune heraus nach Schottland. Meine Freundin Heike und ich, wir lieben die Serie *Outlander*. Natürlich auch den Gedanken, durch die Zeit zu reisen und …«

»Und einen Jamie zu finden?«

Ich spüre die Röte auf meinen Wangen. »Genau, aber das sind nur Träumereien. Man kann nicht durch die Zeit reisen, sie nicht zurückdrehen und ein anderes Leben leben.«

»Man kann die Zeit nicht zurückdrehen, das stimmt. Aber warum sollte man kein anderes Leben leben können?«

»Weil man … na ja, das ist doch riskant. Und auch bescheuert.«

»Ohne Risiko kann man keine spannenden Geschichten schreiben. Und der Schlüssel zu allem ist doch ganz leicht: Wenn man spürt, dass man etwas will, hält einen nur die Angst davon ab, etwas loszulassen. Dabei vergisst man, dass man nichts verliert. Denn alles, was zu einem gehört, bleibt, egal, wie sehr man sich auch verändert.«

»Das klingt … so einfach«, entgegne ich.

»Nehmen wir mal den Stein. Es scheint leicht zu sein, ihn übers Wasser gleiten zu lassen. Doch man muss es auch wollen«, sagt er und zwinkert mir zu.

In diesem Moment kommt Jamie zurück. »So, da bin ich wieder.«

Sein Großvater lächelt. »Wir haben uns gut unterhalten, mehr als gut.«

»Das glaube ich dir.« Jamie klopft ihm auf die Schulter und wendet sich dann mir zu. »Also, verabschieden wir uns mal von allen und machen uns auf den Weg zurück.«

Ich nicke, auch wenn ich am liebsten noch ewig hierbleiben würde.

»Danke«, sage ich zu seinem Großvater.

Er nimmt mich in den Arm. »Gerne. Und alles Gute.« Dann drückt er Jamie ebenfalls.

Schließlich verabschieden wir uns noch von Henchen, Jamies Eltern und seinen Geschwistern.

»Danke für den schönen Abend.« Ich blicke in die Runde, woraufhin Jamies Mama mich umarmt.

»Danke, dass ihr da wart«, meint sie. »Es hat uns sehr gefreut, dich kennenzulernen, Amelie. Wäre schön, dich wiederzusehen.«

»Ja, das würde mich auch freuen.« Der Abschied fällt mir unglaublich schwer. Das ist doch alles verrückt.

Als Jamie und ich wieder am Cottage ankommen, erwartet uns Nessi, und ich spüre noch mehr diese Schwere in mir. Morgen ist der Urlaub vorbei, und schon jetzt vermisse ich nicht nur Nessi, sondern auch Jamie und alles, was wir in den letzten Tagen hatten. Ich habe keinen Plan und weiß nicht, wie es weitergeht.

»Was ist los?«, fragt Jamie mich, als wir im Bett liegen.

Nessi hat es sich vor dem Bett gemütlich gemacht und schnarcht. Ich kraule ihren Kopf.

»Morgen fliege ich zurück. Ich will gar nicht einschlafen«, sage ich. Er zieht mich an sich, und ich atme tief seinen Geruch ein. »Ich weiß, Jamie, man soll keine Pläne machen und so. Dennoch frage ich mich, was aus uns wird. Ist es mehr als nur ein Urlaubsflirt?«

»Ich kann dir nur eines sagen: Du bedeutest mir etwas. Es fühlt sich gut an mit uns. Und vielleicht klappt es, auch wenn ich in Schottland bin und du in Deutschland.«

»So etwas klappt doch nie.«

»Warum? Ich denke, alles ist möglich. Die Zeit wird es zeigen.«

»Aber wenn wir ehrlich sind, wissen wir doch beide, dass das hier kein Märchen ist.«

»Manchmal sollte man nicht die Gründe suchen, die dagegensprechen, sondern die, die dafürsprechen. Und dann gibt es vielleicht doch ein Happy End. Ob Märchen oder nicht. Wir haben Zeit, und die wird schon alles zeigen.«

Das kann man nicht planen

Ein Jahr später

Ich atme tief durch und blicke abwechselnd auf den Ness und den Stein in meiner Hand. Kaum zu glauben, dass ich jetzt hier stehe. Als ich mich vor einem Jahr von Jamie verabschiedet habe, hatte ich keinen Plan. Wir beide wussten nicht, was passieren würde. Und doch ist alles gut gegangen. Einfach so, weil das Leben oft die schönsten Pläne schmiedet.
Wir haben Zeit. Vielleicht war das der ausschlaggebende Punkt an der Sache mit uns. Wir können die Zeit nicht ändern, aber wir können sie nutzen. Und wir können auch ein bisschen in sie vertrauen.

An dem Tag, an dem ich nach meinem Urlaub zurückflog, saß ich mit leicht verquollenen Augen im Flugzeug und berührte den Stein in meiner Tasche. Denn genau in dem Moment wusste ich, dass es so ist. Die Zeit in Schottland war vorbei, und doch hatte ich das Gefühl, dass es noch lange nicht das Ende ist. Auch wenn es mir unendlich schwerfiel, mich von Jamie und Nessi zu verabschieden.

Und wenn ich nun daran denke, wie lange wir uns in den Armen hielten, blutet mir beinahe das Herz. Dennoch war da noch ein anderes Gefühl. Dass ich erst einmal abwarten muss, was die Zeit für Jamie und mich bringen wird. Und das hat mir geholfen.

Ich betrachte den Stein und lächle. Loslassen, ja, das ist wichtig. Nicht von heute auf morgen, sondern Schritt für Schritt. Denn mal ehrlich: Auch Claire aus *Outlander* fiel es schwer, als sie wieder zurück in ihre Zeit musste, in das Leben, das sie vorher gelebt hatte. Dennoch war da etwas, das sie durchhalten ließ: Hoffnung. Und auch mir hat das Gefühl, dass Jamie und ich zusammengehören und es nicht nur für die kurze Zeit war, Hoffnung geschenkt.

Nun stehe ich also wieder hier, jedoch nicht allein, sondern zusammen mit Jamie.

»Na dann, wirf schon den Stein«, ruft er.

»Und was, wenn er wieder untergeht?«

»Hm, dann war's das wohl mit uns.«

»Spinner.« Ich schubse ihn leicht in die Seite, und Jamie lacht. Es ist dieses Lachen, das immer noch ein Kribbeln in meinem Körper hervorruft.

Ich streiche über die glatte Oberfläche des Steins. So viel ist im letzten Jahr passiert. Jamie und ich trafen uns sofort wieder, als er nach München kam. Wir merkten, dass wir auch dort Spaß haben konnten. Danach reisten wir nach Schottland und beschlossen, dortzubleiben. Schritt für Schritt planten wir alles. Und jetzt sind wir zusammen in Schottland, in unserem Cottage.

Wir haben Pläne, aber irgendwie doch auch keine. Der wichtigste Plan ist, zusammen zu sein.
»Also dann«, sage ich und werfe den Stein. Er springt und springt ... »Siehst du das? Es klappt!«, juble ich.
»Juhu!« Jamie applaudiert.
»Ah, ich bin die beste Steineschnipperin, die es gibt!«
»Jetzt übertreib mal nicht. Meinst du, du schaffst es noch mal?«
»Klar«, entgegne ich selbstsicher.
Wir werfen noch einige Steine, manchmal springen sie über die Wasseroberfläche, manchmal gehen sie unter. Und irgendwie ist es doch im Leben auch so. Mal springen wir vor Glück, mal fallen wir in die Tiefe. Das kann man nicht planen, genauso wenig wie unsere Gefühle oder das, was die Zeit uns schenkt. Aber wir können sie nutzen und das Beste daraus machen. Etwas mitnehmen, das uns glücklich macht, und darauf vertrauen, dass wir das Geschenk – die Zeit – so lange wie möglich für uns haben.

ENDE – UND DOCH ERST DER ANFANG ...

Ein Dankeschön und Gratisgeschenk

Melde dich auf meiner Website michelleschrenk.de für den Newsletter an und verpasse in Zukunft keine Neuigkeiten mehr. Als Dank für deine Treue bekommst du dort kostenlose Bücher und Bonuskapitel.

***

Meine liebe Leserin, mein lieber Leser,

an dieser Stelle möchte ich dir vielmals danken, dass du dieses Buch gelesen hast und meine Bücher liebst. Ich hoffe, dir hat diese Geschichte Freude bereitet. Vielleicht hat sie dein Herz berührt, und ich konnte dich für kurze Zeit aus dem Alltag entführen. Es ist einfach wundervoll, dass du mich auf dieser Reise begleitest. Ich liebe den Austausch mit euch allen, egal auf welchem Weg. Schreibe mir also immer gern. Falls du mir mal zufällig irgendwo begegnen solltest, kannst du mich natürlich auch jederzeit ansprechen. ☺

Wenn dir diese Geschichte gefallen hat, dann lass es mich doch bitte wissen. Schreibe mir gern eine Rezension bei Amazon, denn das ist ganz wichtig für uns Autoren. Besuche mich auf Facebook und Instagram oder folge mir auf Amazon. Werde einer meiner Insider auf WhatsApp, dort gibt es immer ganz besondere News. Ich lasse dich an Coverabstimmungen teilhaben, oder wir plaudern einfach ein wenig. Hinterlasse ein Däumchen oder einen Kommentar, wie und wo auch immer. Ich freue mich über jede Rückmeldung.

Ganz lieben Dank!
Deine Michelle

Im Anschluss findest du weitere Bücher von mir, die ich dir ebenfalls ans Herz legen möchte.
Mehr über meine Bücher auch auf meiner Website michelleschrenk.de

MEERESRAUSCHEN, SAND ZWISCHEN DEN ZEHEN, EINE PRISE SEELUFT UND JEDE MENGE HERZKLOPFEN …

VERLIEB DICH IN SYLT – VERLIEB DICH IN DAS

Café mit Sylt und Zucker

Das Meer hat es mir schon immer angetan. Zu gern träume ich mich dorthin. Deswegen liebe ich es auch, Geschichten zu schreiben, die am Meer spielen.

Mit meiner Buchreihe »Café mit Sylt und Zucker« erlebst du Geschichten fürs Herz, humorvoll und mit liebenswerten Charakteren. Träume dich einfach weg und vergiss den Alltag.

Bislang sind folgende Bände erhältlich:
Band 1: Glück kommt selten allein
Band 2: Unverhofft kommt oft
Band 3: Liebe kommt vor
Band 4: Kommt Zeit, kommt Kuss
Band 5: Kein Gefühl kommt ohne Grund
Band 6: Das Beste kommt zum Schluss
    (Sommer 2024)

DARF'S EIN BISSCHEN MEER LIEBE SEIN?

Um das Chaos in ihrem Leben hinter sich zu lassen, beschließt Kati, Urlaub an der Ostsee zu machen und dort ihre beste Freundin Nele zu besuchen. Denn manchmal muss es doch ein bisschen mehr, ähm, Meer sein, oder?
Schon bei ihrer Ankunft stößt sie mit dem viel zu rauen, viel zu bärtigen und viel zu großen Keno zusammen, der sich dann auch noch als ihr Nachbar entpuppt. Von der erhofften Entspannung scheint nun nicht mehr viel übrig zu sein. Im Gegenteil, der Kerl ist die absolute Katastrophe und ganz und gar nicht Katis Fall. Mehr darf es für sie in Sachen Liebe, Romantik und Erholung schon sein, aber nicht mehr in Sachen Keno.
Doch manchmal hat das Leben seine ganz eigenen Pläne – und das Meer sowieso …

LANDLUFTKÜSSE UND ANDERE MISSGESCHICKE

Eigentlich hat Stadtmädchen Katja mit Kühen und dem Landleben im Allgemeinen so viel am Hut wie mit Gummistiefeln. Deswegen ist sie ziemlich genervt, als sie von ihrem Chef für einen Auftrag aufs Land geschickt wird. Sie soll einem Grundstücksbesitzer dort eine Unterschrift entlocken und etwas mehr über ihn herausfinden. Arbeit als Urlaub getarnt? Warum nicht.
Doch kaum ist Katja an ihrem Zielort angekommen, folgt ein Missgeschick dem anderen. Der exklusive Wellnessgasthof, in dem ihre Freundin Mimi ein Zimmer für Katja reserviert hat, entpuppt sich als stinknormaler Ferienbauernhof. Und er gehört ausgerechnet Kristof, dem unfreundlichen Kerl auf dem Traktor, mit dem Katja schon bei ihrer Ankunft aneinandergeraten ist. Woher sollte sie aber auch wissen, dass man nicht in eine Blumenwiese fahren darf, um einem Kuhfladen auszuweichen? Zu allem Übel ist Kristof auch noch derjenige, auf den ihr Chef sie angesetzt hat. Was bleibt ihr also anderes übrig, als sich mit ihm zu arrangieren?
Wäre da nur nicht Mimis bescheuerte Idee, die ganz unerwartet alles durcheinanderbringt. Genau wie die Tatsache, dass irgendwas in der Landluft liegt und Kristof leider ziemlich gut küssen kann …

WER EINMAL LÜGT, DEN KÜSST MAN NICHT

Valentina, genannt Walle, wurde gleich nach Weihnachten abserviert und sieht einem frustrierenden Silvesterabend entgegen. Zeit für eine Bestandsaufnahme – und ihr altes Ich hinter sich zu lassen. Schluss mit der langweiligen und anhänglichen Walle. Sie wird zu Tina, dem Vamp. Entschlossen, sich zu ändern, stürzt sie sich in eine Silvesterparty, um dort ihren früheren Schwarm Hannes um Mitternacht zu küssen, und es gelingt. Doch sie befürchtet, dass ihre alten Gewohnheiten ihre Chancen bei Hannes schnell in Rauch aufgehen lassen.
Die Lösung? Ihr Nachbar Jakob, ein sexy Aufreißer, der in ihrer Schuld steht und sie gleichzeitig zur Weißglut treibt. Als er vorübergehend bei ihr einzieht, gibt er ihr Nachhilfe im Sexysein. Die beiden verbringen viel Zeit miteinander, und plötzlich spielen Valentinas Gefühle in Jakobs Nähe verrückt. Sich in ihn verlieben? Das muss ein schlechter Scherz sein. Doch manchmal kann die Wahrheit genauso aufregend sein wie eine Lüge ...

Humorvoll, prickelnd und eine echte Gefahr für deine Lachmuskeln!

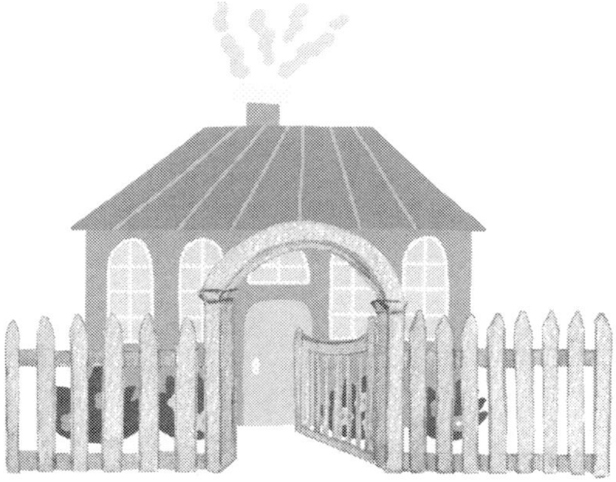

Printed in Germany
by Amazon Distribution
GmbH, Leipzig